AF372262

La Colina de las Brujas
-Turó De Lesbruixes-

Diana Alexandra Alvarado – Fernando Baquero
Diana Rentería Isaza – Yensy Sanchez
Angela Manrique – Catalina Gomez
Bret Quintero – David Jurok

Hampstead Heath Books

Turó de Lesbruixes

The characters and events in this book are fictitious. Any similarity to real persons, living or dead, is coincidental and not intended by the authors.

Copyright © 2023 by
Hampstead Heath Books
Bogota, Colombia
Visit our website at www.hampsteadheathbooks.com

First Hampstead Heath Books edition, October 2023.
Editor and proofreader:
Cover and Back Cover images by Cristal de Hielo & Canva

ATTENTION CORPORATIONS AND ORGANIZATIONS:

Hampstead Heath Books publications are available at quantity discounts with bulk purchase for educational, business, or sales promotional use. For information, please call or write:

Sales Department, Hampstead Heath Books

Info@hampsteadheathbooks.com

La Colina de las Brujas
-Turó De Lesbruixes-

1
La llamada anónima
(Herrera)

—Recuérdame por qué estamos aquí —pidió Irving, distraído mirando el rústico camino en mitad de la nada a través de la ventana del viejo automóvil.

Olía a gasolina, tenía calor y sentía su cuerpo húmedo y pegajoso bajo su traje. Abrió los primeros dos botones de su camisa y bajó su corbata mientras se preguntaba cómo se le había ocurrido elegir un traje negro el día de hoy. ¿Qué tan lejos podía estar ese pueblo olvidado por la civilización al que se dirigían? Sentía que su compañero llevaba horas conduciendo colina arriba y ni siquiera podía vislumbrar una choza en la distancia.

—Alguien presentó una denuncia anónima desde una ciudad cercana —respondió Herrera, su compañero, con cierta dificultad para respirar. El sol emborronaba su visión de la carretera y el dulce y exótico aroma de las enormes flores color sangre cuyo nombre desconocía lo mareaba un poco. Sentía que había ingresado a un lugar encantado y que en cualquier momento vería hadas y duendes salir de los arbustos de brillantes colores.

—Déjame adivinar. ¿Alguien escapó del hospital psiquiátrico? —aventuró Irving.

Eso no sería raro. El pueblo de *Turó de Lesbruixes* había sido, desde siempre, una comunidad pequeña, religiosa, inocente y aburrida en la que jamás pasaba nada extraordinario además de sus pequeños festivales típicos a los que sólo venían personas de ciudades aledañas que no tenían dinero para viajar más lejos. Recientemente, desde la apertura del Hospital Estatal San José de la

Pradera, un gigantesco sanatorio mental y clínica de reposo para enfermos mentales que el estado había tardado casi diez años en terminar a pocos kilómetros del pueblo, había más visitantes, ya fueran trabajadores de la salud o familiares de los pacientes. Se decía que sus instalaciones eran de última tecnología y que el trato con las personas de la tercera edad (que eran más de la mitad de sus pacientes) era digno del club más exclusivo y costoso.

Ahora más personas venían, y un viejo pueblo olvidado era mencionado casualmente en la zona por sus coloridas máscaras, sus peculiares bailes y sus cánticos en una lengua originaria que algunas personas conocían aquí. Incluso se decía que muchas lugareñas sabían leer el futuro y eran muy acertadas.

—No exactamente —comentó Herrera, distraídamente—. El reporte dice que un adolescente, Martin Esteves, vino a Turó de Lesbruixes a visitar a su novia Laura y nunca regresó. El denunciante teme que lo hayan confundido con un paciente y lo hayan internado en San José de la Pradera.

—¿Y Laura qué dice?

—Laura no está —cantó Herrera.

—Laura se fue —continuó Irving.

—Laura se escapa de mi vida —finalizaron ambos.

Hubo un momento de silencio. Irving se quitó la corbata del todo y se abrió la camisa completamente. Herrera sacudió la cabeza, en desaprobación. Su compañero no pareció notarlo:

—¿Por qué nos toca venir a nosotros? ¿Qué hay de la policía local?

Herrera soltó un resoplido:

—La estación de policía es una casa. La maneja un viejo de apellido Vélez que nunca sale de aquí. En una localidad tan tranquila no necesitan demasiada seguridad.

—Aun así, ¿quién hizo la denuncia? ¿Dices que es denuncia anónima? —preguntó Irving.

—Si.

—¿Por qué el denunciante no quiso dar su información?

Herrera se encogió de hombros.

Irving soltó un suspiro.

—Quizás simplemente escapó con su novia, ese Martin. ¿Tú no lo harías, Lucas?

Herrera soltó una carcajada.

—¿Escapar con una novia? No es que nuestra profesión nos dé tiempo para eso. Lo más parecido a una novia que tengo es un idiota que se llama Axel Irving: tengo que verlo desvestirse en mi auto como una maldita estríper y oírlo quejarse de cada parte del viaje mientras lo llevo a una escapada romántica a un lugarcillo exótico donde estaremos *solas* y nadie nos va a molestar.

Irving le dio un puño en el brazo. Lucas soltó un gemido más fuerte y agudo de lo que el golpe ameritaba y luego se mordió el labio, pero su compañero lo ignoró.

—Sabes lo que quiero decir: ¿no te gustaría? Dejar todo atrás, abandonar la vida que conoces y huir con una muchacha de pueblo con acento tosco a la que no le preocupe tu carrera profesional, tus inmuebles ni tu cuenta de ahorros… hacerle un montón de hijos y vivir en un rancho en un lugar tranquilo, bajando mangos de un árbol.

—No sé si el lugar es mi tipo —comentó Lucas, señalando el horizonte con la cabeza.

Axel comprobó que, a la distancia, finalmente se podía vislumbrar el lugar al que iban. Su mandíbula se cayó al ver las antiguas y clásicas casas de la época colonial, las altísimas torres de la catedral de la plaza central cuyos techos se alzaban puntiagudos y cuya campana refulgía en un resplandor plateado, como una luna en medio de la ciudad; también se sorprendió de las vestimentas y el porte de los lugareños que paseaban al atardecer por la plaza de mercado. Los hombres usaban gabardinas, trajes y bombines, y las mujeres portaban vestidos largos, mitras o tocados. Se fijó en que las aromáticas flores de color sangre adornaban las ventanas y jardines de las casas.

—Aun así, ¿quién hizo la denuncia? ¿Dices que es denuncia anónima? —preguntó Irving.

—Sí.

—¿Por qué el denunciante no quiso dar su información?

Herrera se encogió de hombros. Irving soltó un suspiro.

—Quizás simplemente escapó con su novia, ese Martin. ¿Tú no lo harías, Lucas?

Herrera soltó una carcajada.

—¿Novia? No es que nuestra profesión nos dé tiempo para eso. Lo más parecido a una novia que tengo es un idiota que se llama Axel Irving: tengo que verlo desvestirse en mi auto como una maldita estríper y oírlo quejarse de cada parte del viaje mientras lo llevo a una escapada romántica a un lugarcillo exótico donde estaremos *solas* y nadie nos va a molestar.

Irving le dio un puño en el brazo. Lucas soltó un gemido más fuerte y agudo de lo que el golpe ameritaba y luego se mordió el labio, pero su compañero lo ignoró.

—Sabes lo que quiero decir: ¿no te gustaría? Dejar todo atrás, abandonar la vida que conoces y huir con una muchacha de pueblo con acento tosco a la que no le preocupe tu carrera profesional, tus inmuebles ni tu cuenta de ahorros… hacerle un montón de hijos y vivir en un rancho en un lugar tranquilo, bajando mangos de un árbol.

—No sé si el lugar es mi tipo —comentó Lucas, señalando el horizonte con la cabeza.

Axel comprobó que, a la distancia, finalmente se podía vislumbrar el lugar al que iban. Su mandíbula se cayó al ver las antiguas y clásicas casas de la época colonial, las altísimas torres de la catedral de la plaza central cuyos techos se alzaban puntiagudos y cuya campana refulgía en un resplandor plateado, como una luna en medio de la ciudad; también se sorprendió de las vestimentas y el porte de los lugareños que paseaban al atardecer por la plaza de mercado. Los hombres usaban gabardinas, trajes y bombines, y las mujeres portaban vestidos largos, mitras o tocados. Se fijó en que las aromáticas flores de color sangre también adornaban las ventanas y jardines de las casas.

Mientras el automóvil entraba por las callejuelas de piedra, atrayendo la mirada de alguno que otro curioso, los dos hombres permanecieron en silencio, sorprendidos por el lugar que no era lo que habían imaginado en un principio. ¿Cómo era posible que un sitio como este no apareciera en el catálogo de cada agencia de viajes del país?

Algo sacó a Axel de su ensimismamiento. Un par de ojos castaños fijos en su torso, momentáneamente desnudo. Volteó a ver y se encontró con una mujer morena de ojos rasgados y anteojos que caminaba con una cesta de plantas y verduras. La mujer desvió la mirada, se cubrió los ojos con su sombrero rosa y se alejó rápidamente hacia una curiosa tienda cubierta con un velo púrpura. La entrada decía *Senyora Axpe*.

—Vístete. Ya nos vamos a bajar —pidió Herrera.

Axel lo obedeció de mala gana. Se abotonó lentamente la camisa y no había terminado cuando los dos hombres aparcaron en una pequeña posada. La anciana que atendía estaba al teléfono.

—¡Ven a visitarme cuando puedas, Charlotte! ¡Me preocupas! Quizás sean las pastillas que me recetó la doctora Anita, pero últimamente me siento más sensible de lo normal. Siento que ya no hablamos. Desde que pusieron ese maldito hospital todos trabajamos el doble, y es bueno, pero es como si de un momento a otro todos estuviéramos enloqueciendo de soledad y fuéramos a terminar internados ahí. ¡Espera! ¡Tengo clientes!

La mujer se aclaró la garganta y sonrió a los investigadores:

—Bienvenidos. ¿Buscan un cuarto? ¿Son…?

—Dos cuartos, por favor —dijo Lucas—. Somos investigadores.

La mujer levantó una ceja y entrecerró los ojos con suspicacia. Su sonrisa se desvaneció y de un momento a otro pareció tensa:

—¿Por qué están aquí? ¿Ha pasado algo importante?

Lucas y Axel se miraron de reojo y negaron con la cabeza. Casi sabían leer la mente del otro.

—Nada por lo que valga la pena preocuparse.

—Aquí nunca pasa nada —añadió Lucas sin expresión en su rostro.

La anciana asintió con la cabeza, no muy convencida, mientras se agachaba y sacaba las llaves de las habitaciones. Los dos hombres la siguieron por una vieja escalera de madera que rechinaba hasta llegar a un pequeño pasillo en el tercer piso. La mujer les dio las llaves de las pequeñas habitaciones contiguas y les pidió que la llamaran si necesitaban algo. Axel metió la llave en su puerta y abrió, pero Lucas se quedó mirando el pomo de la suya, pensativo.

—¿Qué pasa? ¿Preferirías dormir conmigo? —le dijo Axel—. Es nuestra escapada romántica y yo de ti no me descuidaría, no olvides que ya tienes competencia. ¿Viste a la mujer del sombrero rosa? Ella podría ser con la que huya como lo hizo ese tal Martin. Además, este pueblo está increíble. No me digas que no te gustó.

Lucas negó con la cabeza.

—No es eso. En realidad, es muy bonito. Es sólo que…

—¿Entonces qué pasa?

Lucas pensó en el color de las flores, en la inesperada belleza de las calles, las plazas, las personas… y nuevamente el color de las flores, grabado en su mente, impregnado en su ser.

—No sé. Este lugar me da escalofríos. Preferiría terminar el trabajo y largarme cuanto antes —dijo, encogiéndose de hombros antes de entrar a su habitación y cerrar la puerta tras de sí.

2
Orchidaceae
(Hanna)

—No para de fascinarme su estructura y su composición —musitó Hanna mientras mantenía su mirada fija bajo el microscopio—. La distribución de su parénquima y las formas celulares de cada fragmento. Sus pétalos y sépalos esconden formas increíbles a nivel celular y, si las miras con tus propios ojos, verás que cada parte de ella es una maravilla. Ni hablar de su labelo. Es hermoso, ¿no lo crees doctora Anita?

—Es sólo una flor —respondió Ana, encogiéndose de hombros. Era especialista en trastornos neuropsiquiátricos, una profunda creyente y practicante de la medicina convencional. Le costaba trabajo interesarse en la fitoquímica aunque Hanna, su mejor amiga, hubiera dedicado gran parte de su vida a su investigación. Las plantas estaban en sus raíces familiares, en su trabajo y en su vida diaria.

—Corrección, mi querida Anita. Es un espécimen maravilloso —Hanna retiró súbitamente su rostro del microscopio para observarla con indignación—. Me encantaría que pudieras apreciar lo que tienes en frente todos los días.

—Es hermosa, sí, pero sigue siendo una planta, doctora.

—¿Cuántas veces debo recordarte que no me llames doctora? Soy herborista, no doctora.

Ana rio.

—¿Por qué no debería llamarte doctora? Todos lo hacen, además tienes pacientes y tus remedios funcionan —aunque Ana no fuera seguidora de la materia, respetaba y admiraba el talento de su amiga y su sueño de ayudar a la humanidad a través de sus estudios y hallazgos.

Hanna volvió al microscopio después de tomar un par de notas. Siempre se había fascinado con aquella flor, aquella que era parte de la idiosincrasia de Turó de Lesbruixes. Era una variación de la *Cattleta trianae* o lirio de mayo de la familia *Orchidaceae*.

—Debo volver al vestíbulo —dijo Ana y se levantó del mesón—. Debo recibir y tramitar a dos pacientes. No querrás ver a la gerente enojada.

Hanna seguía absorta junta a la orquídea roja que yacía postrada sobre la laminilla de cristal bajo el microscopio. Sus colores, su luminosidad, su aroma… era simplemente deslumbrante para ella.

Para la administración del San Jose de la Pradera, el interés mostrado por Hanna en el estudio e investigación de esta especie era muy particular. Habían llegado a un acuerdo en el que se le permitiría a la herborista el uso y disposición del laboratorio en cuanto ella aportara sus conocimientos en botánica para el uso y experimentación, todo en beneficio de los pacientes de la institución.

—En seguida te alcanzo —Hanna balbuceó segundos después, pero la doctora Anita ya se encontraba en marcha.

El Hospital Estatal San José de la Pradera había sido inaugurado un par de años atrás. No era exactamente una atracción turística, pero si había traído mucho comercio desde las docenas de personas que trabajaban allí y se habían mudado al pueblo junto a sus familias hasta los visitantes de los pacientes. Era una imponente construcción que quedaba a poco más de dos kilómetros del pueblo, colina arriba, y se podía ver desde el pueblo.

—María, María, ¿has visto a la doctora Anita? —preguntó Hanna acercándose a la recepción del Hospital.

—No, doctora Hanna, no la he visto pasar por aquí —respondió con calma la recepcionista tras el mostrador central.

—Hace unos minutos estaba con ella. Me dijo que pasaría por aquí para recibir a unos pacientes —se tocaba la cabeza con inquietud mientras resoplaba y se acomodaba sus lentes redondos obstruidos por sus rizos castaños. Había salido con prisa del laboratorio sin reparar en su aspecto desaliñado—. Debo volver a la botica inmediatamente y olvidé entregarle algo.

—Si gusta podría ubicarla para usted doctora.

—Descuida María, debe de estar ocupada. La veré más tarde. Muchas gracias —dijo Hanna y se alejó rápidamente de la recepción, rumbo al vestidor. Se retiró la bata blanca y el traje de mayo rosa que solía usar dentro del hospital y se puso un vestido amarillo con un diseño floral que se ajustaba a sus curvas y resaltaba su piel morena. Lucía como una persona completamente distinta y atraía fácilmente las miradas de los hombres del pueblo.

Hanna salió con prisa, tomó su auto y condujo hasta la botica en el centro de la ciudad.

Turó de Lesbruixes tenía un clima muy extraño. Era cálido y soleado, pero lo normal era que las calles estuvieran cubiertas por una densa neblina que se extendía por todas partes, de día y de noche, a través de la luz y la oscuridad. La elegante arquitectura colonial de sus construcciones y la vestimenta clásica de los lugareños hacía que cualquier visitante se sintiera congelado en el tiempo, atrapado en una constante histórica.

Aparcó frente a su local, Botica Salva, y entró. Las paredes de madera estaban llenas de ilustraciones de flores y plantas con nombres y descripciones. Había estantes repletos de pequeñas botellitas con grabados misteriosos y uno que otro anuncio relacionado con las propiedades terapéuticas de algunas especies que se encontraban y utilizaban en la región.

Hanna se preparó para un día sin novedades, pero un rato más tarde un par de visitantes llegaron.

—Buen día —dijo una voz masculina segundos después de que unas pequeñas campanitas resonaran tras abrirse la puerta de la botica. Hanna se encontraba de espaldas verificando el inventario de un par de pócimas y preparados magistrales que tenía en el aparador.

—Buenos días señorita —dijo otra voz, un poco más aguda que la anterior.

Hanna terminó de acomodar la estantería y giró tras de sí. Había dos hombres frente al mostrador. Le parecieron guapos, y sus rasgos no eran característicos del lugar. Eran foráneos. Uno de ellos era fornido y maduro, con el asomo de una barba y grandes ojos miel. El otro era menos robusto y unos años años más joven. Su mirada se cruzó con este último.

Levantó una ceja de forma casi imperceptible mientras recordó el contacto fugaz con aquellos ojos algunas horas atrás. Él también la había reconocido y parecía tímido, como un adolescente enamorado. Su compañero notó como desviaba su mirada ante tal situación y se adelantó a abordar a la herborista.

—Perdone la molestia, ¿podría permitirnos un poco de su tiempo?

—Buenos días caballeros. Claro que sí, ¿están buscando alguna preparación en particular? —respondió Hanna mientras se pavoneaba un poco con su vestido, estremeciendo al más joven.

—Muchas gracias, pero no necesitamos ningún producto en particular. Queremos hablar con usted —la expresión de Hanna cambió de inmediato y su sonrisa se desvaneció por completo—. Nos encontramos de paso en el pueblo y quisiéramos conversar con algunos de los lugareños para…

—¿Son policías? —interrumpió Hanna.

—¿Es así como recibe a un par de visitantes de lejos? —la desafió Irving. Ya no parecía un adolescente tímido.

Herrera intervino:

—¡Calma, compañero! No hace falta que molestemos a la señorita.

—Me disculpo mi lady por mi descortesía —se apresuró a decir, lanzándole una mirada difícil de interpretar. Ella sonrió con la mitad de su rostro. Irving desvió la mirada y se apresuró a acomodarse la camisa para mantener sus manos ocupadas.

—Descuiden caballeros, ha sido culpa mía. Lo reconozco. ¿Qué los trae por aquí?

—Queremos conversar con algunos de los lugareños. Venimos buscando a un joven desaparecido.

— Entonces, sí son policías —interrumpió Hanna de nuevo.

—Sí —respondió Herrera—. Estamos aquí por una denuncia anónima. Un joven vino al pueblo a visitar a su novia y nunca regresó a su casa. Escuchamos de una fiesta importante que va a pasar en el pueblo próximamente, ¿eso atrae a los jóvenes?

—¿La fiesta de mascaradas? —respondió Hanna, inquieta—. Yo pienso…

—¿Fiesta de mascaradas? —preguntó Irving acercándose de forma discreta al mostrador—. ¡Suena divertido! ¿Cuándo será?

Hanna frunció el ceño. Dos policías en su tienda investigando una desaparición tan cerca de la Luna Azul. ¿Qué significaba esto? ¿Era posible que alguna de las…?

—Será en octubre. Faltan algunas semanas. No sé si… bueno, no sé si atraiga demasiado a los jóvenes. Dudo que tenga que ver con el muchacho desaparecido —Hanna se encogió de hombros. Lucas pareció pensativo.

—Señorita, ¿hay algo más que pueda contarnos?

—¡Sí! Hay algo que podría interesarles, pero no es el lugar para conversar.

Irving escarbó en uno de los bolsillos de su camisa y extendió su mano para entregarle una pequeña tarjeta a la herborista.

—Este es mi número. Consérvelo. Sería muy valioso para nosotros escuchar lo que tenga para decirnos —Hanna recibió la tarjeta y los dedos de ambos se rozaron.

—Olvidé preguntarlo, ¿cuál es su nombre señorita? —dijo Irving con una curiosa sonrisa.

—Soy Hanna, Hanna Siatoya Nossa.

—Un gusto Hanna, soy Axel Irving.

—Yo soy Lucas Herrera. Estaremos en contacto.

3
La llamada
(Ana)

—La doctora Hanna la estuvo buscando, dijo que se le había olvidado entregarle algo y luego se fue. Ya sabe usted cómo es ella, siempre anda acelerada —comentó María, la recepcionista. A ella le gustaba el chisme y a veces olvidaba que Hanna era la mejor amiga de Ana.

—Gracias Maria. Sí, la doctora Hanna tiene la capacidad de estar en muchas situaciones al tiempo sin descuidar nada su vida personal, profesional o sus pasiones. Es admirable eso de ella, ¿cierto María? —respondió Ana con una mirada de pocos amigos.

—Tiene razón doctora, qué pena si la incomodé con mi comentario —se disculpó, pero pareció incapaz de contenerse—; Es sólo que a veces no entiendo cómo ustedes se llevan tan bien si ustedes son tan diferentes. Usted es correcta, práctica, le encuentra lógica a todo y parece que nada se le escapa —Ana se sonrojó. Apreciaba que otras personas dijeran cosas sobre ella porque, por sí misma, sólo era capaz de exigirse y presionarse—, y la doctora Hanna está siempre en otra parte, pensando en sus plantas. Ella las mira como si fueran personas, como al amor de su vida, ¿qué cree que hayan visto en el hospital para darle un contrato tan exclusivo y afortunado?

—Ella es muy talentosa; es sólo que vive la vida diferente a nosotros y tiene otras raíces, ve el mundo desde otro ángulo. ¿Qué le podemos decir si no comprendemos el mundo a su manera? —preguntó Ana, quien tampoco entendía del todo a su mejor amiga, pero la admiraba.

Hanna hacía muchas cosas que Ana no podía hacer: era abierta, llamaba la atención de todo el mundo, y nunca perdía su identidad. Ana era diferente, pero tenía un poder innato para analizar a los demás: por algo se había convertido en psiquiatra. Entre muchas cosas, Ana sabía que Hanna tenía algo en su pasado que no había logrado superar con el tiempo y se manifestaba como un reflejo de tristeza detrás de sus ojos y únicamente desaparecía cuando estaba con sus plantas. Eran su espacio seguro y su terapia activa.

Ana fue a cambiarse luego de una larga jornada, necesitaba ir a su propio lugar seguro: su madre. Ella la esperaba todos los días para tomar café por las tardes. Ana nunca recibía citas en las tardes. Por fortuna, el Hospital San José de la Pradera era permisivo con sus trabajadores ya que en su mayoría eran especialistas de élite como ella, convocados directamente por los dueños, que sólo recibían a los mejores.

—¡Hola hija! ¡Has llegado más temprano! —exclamó con gran entusiasmo y a la vez un tanto confundida. Ana llegaba a las 4.30 de la tarde cada día, cuando todo salía bien y si nadie tenía algún apuro mientras llegaba del pueblo. Pero esta vez el reloj marcaba una hora menos de lo acostumbrado y su hija se notaba más cansaba de lo habitual.

Ana suspiró antes de responder. No podía mentirle a su madre, con ella su coraza de hierro no existía, con ella podía *ser* y se sentía bien.

—¡Mami!

Sabía que la única persona que no la veía como la Doctora o la Psiquiatra era su mamá. Su madre la cuidaba como si fuera una niña pequeña y frágil, pero le hablaba como si fuera una anciana de ochenta.

—Tuve un día extraño. Hoy recibí a dos pacientes nuevos… son adolescentes. Uno de ellos se clavó un lápiz en su propia mano. Eso me hizo reflexionar en lo qué está pasando en el mundo para que personas que apenas están iniciando la vida tengan este tipo de trastornos tan graves. Mi evaluación no fue suficiente de momento. Estaban muy mal y verlos me afectó… y aun así la gente piensa que no tengo sentimientos…

—Pero sí que los tienes, cariño. No harías lo que haces si no quisieras ayudar a los demás, lo que pasa es que usas la ciencia para encontrarle lógica y razón a todo. Es una de tus mejores armas, aunque sabes lo que siempre digo: la vida real es más que eso y encontrar esas sutilezas es importante —le dijo su madre mientras le acariciaba el cabello.

—Lo sé, pero no puedo simplemente demostrar que tengo corazón; no en mi profesión, no en mi ambiente laboral. ¿Imaginas qué catástrofe sería si alguno de los pacientes pudiera jugar con mis emociones y manipularme? No me lo puedo permitir mamá, además, debo estar bien para cuidarte. No debería darte preocupaciones.

Ana fue a su habitación a guardar sus cosas y cambiarse de zapatos.

Doña Clara, como le llamaban a la mamá de Ana en Lesbruixes, tenía tendencias depresivas y Ana lo sabía, sin embargo, su madre no creía tanto en la medicina como ella por lo que nunca se había dejado llevar a un psicólogo, mucho menos a un psiquiatra. Lo que Ana podía hacer por ella era cuidarla y darle la mejor vida posible mientras el tiempo y la salud estuvieran de su lado. Ana estudió en la capital del país con una beca, pero estuvo presente en la vida de su madre en todo momento y esa fue la razón por la que aceptó trabajar en el nuevo Hospital. Era el lugar perfecto: le ofrecían buenos beneficios y tendría a su madre cerca. Al menos la vida le sonreía en eso.

—Ana Paula, por favor ven, ya el café está listo hija.

—¡Voy! —gritó Ana desde su habitación.

Cuando estaba cerca de la sala escuchó el teléfono fijo. Corrió a contestarlo.

—¡Hola! Sí, esta es la casa de ella, ¿para qué la necesita? Deme un momento —tapó el auricular un poco para hablarle a su mamá—; hay una señora llamada Bianca que está preguntando por ti, dice que requiere hablar contigo urgente.

Hubo un ruidoso estruendo. Las tazas cayeron al suelo y Doña Clara estaba de rodillas.

Ana corrió a socorrerla.

—¡Por favor no te levantes! ¡Iré a buscar agua para que te hidrates y luego iremos al hospital! ¡Voy a llamar a José para que nos venga a recoger en la ambulancia! —dijo Ana mientras abría la ventana a su paso, revisó rápido la nevera y pensó que sería mejor agua al clima. Recordó que su madre siempre guardaba uno que otro confite en la despensa. Supo que algún caramelo serviría para subirle la presión—. Y no acepto un "No" por respuesta, bastante te he aceptado que estés tomando tus tés con hierbas medicinales que sabes muy bien que no sirven para nada… —volteó nuevamente a ver a su madre, quien tenía la mirada perdida —lo siento madre, ya José debe estar por llegar.

A Doña Clara le gustaba ser independiente, por eso a su edad era la que se encargaba de las compras de la casa, no le permitía a Ana pagar ni siquiera las facturas de servicios públicos y tenía una respuesta para todo. Aunque nunca se quedaba callada, su manera de actuar era dulce, mostraba su verdad sin imponerla, pero dejaba muy claro que nada podía hacerla cambiar de parecer, al menos no sin buenos argumentos, porque la humildad también era parte de sus atributos. Eso fue lo que más asustó a Ana, ver a su madre con la mente en alguna otra parte y no recibir siquiera una respuesta contraria a su deseo de llevarla al hospital.

José llegó a los cinco minutos con su compañero. La montaron en la ambulancia y en breve llegaron al hospital. Mientras la internaron para revisarla, Ana tuvo tiempo de reflexionar y pudo apreciar cuan frágil le parecía su madre, cuan frágil le parecía la vida y se sintió aterrada: su talón de Aquiles era la señora que estaba en esa habitación.

—¡Doctora Anita! —anunció la enfermera—. Su madre se encuentra estable. Sus signos vitales están bien; ya el médico de turno la revisó y todo está normal, sólo un poco deshidratada, se le está administrando suero y creo que no debe tardar mucho en ser dada de alta.

—Gracias Sara, agradezco su atención tan oportuna, la verdad no sé qué pudo haber pasado, sólo sé que recibimos una llamada y… —Ana se descubrió encajando la pieza de un rompecabezas que no sabía que estaba armando—. Al menos sólo fue un susto, gracias.

Ana tenía muchas preguntas en su cabeza, ¿por qué esta llamada había afectado a su madre? ¿A qué se debía esta recaída? Sabía que no era momento de preguntarle, posiblemente estaba en shock, pero temía que algo mucho más grande estuviera pasando en el fondo y le preocupaba que ese algo afectara a su madre. Necesitaba respuestas para poder cuidarla. Ana nunca le demostraba al mundo sus sentimientos ni sus temores, era justa, amable y profesional, pero se preocupaba más que nadie.

—Hola guapa, ya están por darte de alta, ¿cómo sigues? —usó su mejor sonrisa y lo que siempre hacía con los pacientes: fingir que no estaba analizando cada palabra que saliera de su boca.

—Hola mi ángel, ya estoy mejor. Hoy no comí bien y me levanté muy rápido para llevarte el café.

Ana supo que era mentira: cerca de la estufa había lugar para sillas.

—Y tal vez fue efecto retardado, ¿sabes? Cuando te levantas muy rápido y sientes que se te van las luces —ambas rieron, Ana quería respuestas, pero Clara no era una paciente tan fácil, sin embargo, Ana era la mejor psiquiatra de la zona y, además, su hija.

4
La noticia
(Charlotte)

—Ven a visitarme cuando puedas, Charlotte. Me preocupas. Quizás sean las pastillas que me recetó la doctora Anita, pero últimamente me siento más sensible de lo normal. Siento que ya no hablamos. Desde que pusieron ese maldito hospital todos trabajamos el doble, y es bueno, pero es como si de un momento a otro todos estuviéramos enloqueciendo de soledad y fuéramos a terminar internados ahí. ¡Espera! ¡Tengo clientes!

Charlotte escuchó las voces de dos hombres en el fondo, pero no pudo despedirse antes de que su abuela colgara el teléfono.

—¿Todo está bien? —preguntó Noah, su esposo.

Charlotte asintió con la cabeza y se levantó de la silla del comedor de su madre para servirse un tinto de la vieja máquina de café.

—La Marshi está ocupada. Estaba con unos clientes —dijo, mirando fijamente el teléfono recién colgado.

Su esposo abrazó su cintura y ella respiró su perfume maderado y a la vez cítrico que estaba tan grabado en su mente y corazón desde aquel día, hacía años, en que lo había conocido.

Aquella tarde nublada, aquel encuentro extraño y maravilloso del destino; ella tomaba un té de frutos rojos, mientras leía su libro favorito, La Condesa Sangrienta, y él, como todas las tardes, iba a tomar su té de *cheesecake* de chocolate mientras la miraba leer, tan concentrada, tan hermosa con su largo abrigo negro y su cabello liso hasta la cintura, tan interesante que no pudo evitar acercarse y decirle con una sonrisa traviesa:

—¿Puedo acompañarte en tu lectura?

Y entonces ella levantó su rostro y sus miradas se conectaron para siempre.

—Claro. Toma asiento.

Desde entonces se reunían allí cada semana. Charlotte siempre fue muy reservada y tímida, pero a Noah le parecía algo tierno. Ella se sentía frágil y vulnerable a su lado, e incluso un poco culpable. Cada parte de su cuerpo temblaba a su lado, al ver su rostro, sus manos, al respirar su perfume, o quizás el aroma de su piel que este ocultaba. Se preguntaba cómo podría existir un alma tan pura, tan genuina que transmitiera tanta tranquilidad y la hiciera doblegar solo con una mirada; junto a él volvía a ser aquella niña indefensa escondida bajo su cama, atemorizada y desconcertada, y una parte de ella sentía el terror que solía experimentar a diario en aquel entonces. Mientras luchaba por controlar sus pensamientos y emociones, sus mejillas se sonrojaban al escucharlo hablar sobre sus autores favoritos y la pasión que tenía por la lectura.

Su conexión era tan grande que no podía evitarse.

Tras un par de meses, Noah y Charlotte se habían casado.

Ahora, años más tarde él estaba allí, abrazando la cintura de su esposa mientras esta contemplaba la pantalla de un teléfono con la mirada perdida.

—¿Pudiste…?

—No —dijo ella, soltándose de él y caminando hacia la sala de estar—. No pude decirle nada. No sabía cómo decírselo. No podría…

Pero su voz se rompió de golpe.

El cadáver frío y sin vida de su madre estaba tendido en el suelo de su sala, cubierto de moretones de los pies a la cabeza. Llevaba en su rostro una expresión de tristeza y angustia. Aquella mujer de corazón noble pero sumisa a la voluntad de su esposo. Charlotte no podía creer que su propio padre hubiera perdido los estribos de tal forma. Allí de pie, ante la mirada preocupada de Noah, sentía que su mente y su alma se rompían en pedazos, de nuevo, sentía su interior desgarrarse y también sentía culpa de haber traído a Noah a aquella casa llena de recuerdos dolorosos, culpa de haberse casado con ese hombre que era su lugar seguro y no merecía ser alcanzado por las sombras de un pasado que consumían parte de ella todos los días.

Todos los días, Charlotte vivía una lucha interna: luchaba para evitar que la oscuridad la consumiera, para no dejarse llevar por sus instintos más primarios, por el fantasma de una familia maldita, y para seguir siendo esa esposa entregada, comprensiva, tierna y amorosa que amaba con tanta intensidad a Noah, el amor de su vida.

Recordaba las palabras de su madre, hace años, cuando había intentado decirle cómo se sentía:

"Hija… algún día entenderás por qué a veces es mejor que la oscuridad consuma a la luz".

Pocas horas más tarde, el viejo jefe de policía de Lesbruixes llegó junto a sus ayudantes.

Vélez había sido el único policía del pueblo durante años y podría decirse que no era confiable. Era cojo, cascarrabias, y olvidadizo. Afortunadamente en el pueblo rara vez sucedía algo fuera de lo común.

En este caso, el viejo Vélez tampoco tenía mucho por hacer. Había una mujer muerta pero su asesino se había entregado horas atrás.

—Julia Escobedo de Madrid, cuarenta y nueve años —murmuró el anciano bajo su tupido bigote gris mientras su compañero anotaba lentamente en un cuaderno de hojas amarillas—. Violencia intrafamiliar. El señor Ramiro Madrid se entregó a las cinco y cuarenta y tres.

—¿Y…?

—Tres, veinte, veintisiete —añadió Vélez.

Después del levantamiento del cadáver lo único que quedaba por hacer era organizar el funeral. Charlotte no quería hacerlo: sabía que eso significaba ir al hospedaje de su abuela y contarle lo sucedido. Esto de alguna manera convertiría su tragedia familiar en algo real y definitivo.

Noah la esperaba en el auto. Charlotte se subió en el asiento delantero y tomaron rumbo al centro del pueblo a través de aquella vista rustica y aquel estilo colonial impregnado de un sentir bohemio y romántico, pero a la vez tenebroso. A Charlotte le encantaban las flores de Lesbruixes, sus interminables campos de rosas de todos los colores, sus tallos semileñosos, algunos de textura rugosa y escamosa, otros atravesados por letales espinas, punzantes como alfileres que rasgaban la piel.

Charlotte recordaba la primera vez que Noah le había regalado rosas… recordaba sus brazos húmedos por el fresco rocío mañanero y el dorso de su mano rayado por una enorme espina enterrada en él… las gotas de sangre de un rojo más intenso que los pétalos manchando su tersa piel, y el incontenible deseo de limpiarle la mano con el labio…

Mientras observaba cómo la sangre corría, recordaba las hazañas del personaje de su libro favorito, aquel por el que se habían conocido, La Condesa Sangrienta, y sus piernas temblaban ligeramente.

Los rosales realmente eran un espacio mágico. Charlotte podría jurar que a veces veía una luz tenue resplandecer en las raíces, pero sabía que eso era imposible.

Llegaron al centro.

Su abuela los esperaba con añoranza y nostalgia. Fácilmente habrían pasado seis meses desde la última visita de Charlotte.

La anciana se abalanzó sobre ellos para abrazarlos:

—¡Mi Chachá! ¡Y mi yerno! ¡Sigan por favor! ¿Les traigo un tintico?

—No, gracias, ya tomamos antes de venir —respondió Charlotte con cierta amargura.

Pero a su abuela no se le escapaba nada.

—Espera, ¿todo está bien?

Charlotte abrió la boca para responder, pero dos hombres entraron por la puerta y su abuela pareció disgustada de repente.

—El viejo Vélez no quiso hablar. Dice que está ocupado. ¡Con razón nos hicieron venir hasta aquí! Es justo lo que dicen, ese viejo es un inútil y este pueblo vive sin ley. ¿Cómo te fue a ti? ¿Tuviste suerte en el hospital? —se quejó Lucas, en voz baja.

—Ni siquiera me dejaron entrar, aunque les enseñara mi placa —respondió Axel, negando con la cabeza—. Creo que lo único que nos queda por hacer es ir al pueblo e indagar más.

—¿A indagar más o quieres volver a ver a la chica de ayer?

Axel se encogió de hombros.

—Un hombre puede soñar.

Los dos hombres subieron la escalera y el sonido de su voz se convirtió en un murmullo.

Charlotte volvió a mirar a su abuela y vio que ya no estaba.

Noah le apretó el hombro con suavidad y caminó hacia la cocina del hospedaje.

Un intenso olor a hierbas emanaba de una gran olla de barro, y la abuela lo removía frenéticamente.

El olor era muy peculiar, pero Charlotte ya lo conocía. Eran las "Hierbitas Mágicas", como la anciana solía llamarlas.

—Hija, hay que alejar las malas energías y canalizar nuestro ser para que la oscuridad no nos contamine —dijo, como única explicación—. No me gusta lo que está pasando —añadió mirando con disgusto hacia el segundo piso—. Siéntense y les sirvo un postre mientras termino aquí.

El aroma de las hierbas transportaba a Charlotte a décadas atrás, a un pasado lleno de amarguras que hoy, de alguna manera desaparecía para siempre una vez dijera lo que había venido a decir.

Noah sostuvo la mano de su esposa, sabiendo que los siguientes minutos serían los más difíciles de su vida.

5
Café
(Estela)

Otra vez me desperté antes de que sonara el reloj, me levanté y me sujeté el cabello, pues amo hacerme chongos. Fui a la cocina y me preparé un café, me perdí mirando el patio a través de la ventana de la cocina, soplé el café y le di un sorbo.

—*¿Qué haces aquí?*

Estuve limpiando la casa. El calor iba aumentando.

—¡Ahg! ¡Qué calor hace aquí! —apenas terminé de limpiar me apresuré a bañarme y vestirme para salir al hospital—. Amo mi trabajo, pero el nombre del hospital me empalaga. ¡Agh! ¡Lo odio! Hospital Estatal San José de la Pradera. Y la elección de colores: azul claro y café. ¿qué les pasa?

—*¿Qué haces aquí?*

Salí rumbo al hospital caminando mientras miraba el paisaje como de costumbre.

—Eso sí me gusta, el paisaje de este pueblo —atravesé la plaza central y me quedé como tonta viendo la iglesia—. ¡Me encanta! ¡Y ese señor es…!

Y ahí es donde suena una alarma y salgo de mi ensimismamiento.

***

—¡Doctora Estela! ¡Doctora Estela! ¡Muévase! ¡Hay una emergencia en recepción!

Corren a ver qué sucede y al llegar notan a un joven de dieciséis años gritando y amenazando a los funcionarios del hospital con un lápiz.

—¡Aléjense! ¡Yo no debería estar aquí! ¡Déjenme ir o los lastimo! —grita el joven, y su lápiz sí parece muy afilado.

—¡Cálmate! ¡No te haremos daño! —dice Estela, intentando negociar.

—¿Dónde está la doctora Ana? —grita una enfermera.

—¡Claro que me harán daño! ¡Me quieren encerrar! ¡Aléjese o la chuzo, señora! ¡Se lo juro que la mato! ¡Déjenme ir! ¡Yo no debería estar aquí!

—¡YA BASTA! —Estela lo grita, furiosa y el muchacho, al ver que a nadie le importan sus amenazas, se clava el lápiz en la mano. Los enfermeros lo taclean y lo someten.

—¡Que lo seden y le revisen la mano! ¡Luego lo llevan con la doctora Ana!

—¡Monstruos! ¡No me llamo "ese joven"! ¡Me llamo Andy y no pertenezco aquí! ¡Esto es inhumano!

Estela se queda en shock mirando al joven y el rastro abundante de sangre que deja en las baldosas.

—¿Cómo pasó esto? —pregunta Estela, con ira contenida—. ¿Quién se va a hacer responsable de esta situación? ¡Es un paciente nuevo! ¿Qué vamos a decir cuando alguien pregunte por él?

—¿De dónde saco ese lápiz? —pregunta la enfermera.

—Me lo robó a mí —admite Maria, la recepcionista.

—¿Y por qué el maldito lápiz no estaba amarrado? ¡Los implementos deben estar sujetos precisamente para evitar esas cosas! ¡AGH! Más tarde hablamos, María.

Estela aprieta los puños. Esta es su vida.

El resto del día no es muy diferente. Y todos los días son iguales.

Más tarde viene la doctora Ana con su madre y luego hay un desastre de sopa en las cocinas.

—Estela, ¿hablamos? —le pregunta Patricia, la enfermera—. ¿Estela?

—Perdón. He estado un poco ida el día de hoy.

—Si no me dices no me doy cuenta, ¿quieres hablar? Vamos por un café.

Se sientan en la cafetería a tomar el café en silencio.

—¿Y entonces? —dice la enfermera. Estela mira por la ventana silenciosamente antes de empezar a hablar:

—A veces no recuerdo porqué me mude a este pueblo, no sé si entiendas el sentimiento.

—¿Como si no tuvieras un propósito?

—No es eso. Literalmente no me acuerdo por que vine a este pueblo. Se supone que trabajo en lo que me gusta, lo que sé hacer, pero hay días en los que esa pregunta me taladra la cabeza: "¿qué haces aquí? ¿qué haces aquí?". De verdad, ¿qué hago aquí? Y simplemente me pierdo en mi cabeza repasando lo que he hecho en el día, como buscando en donde está la respuesta, pero no encuentro nada y la pregunta sigue y sigue. Vaya, pero no me mires así que me haces sentir loca. Hay días de días no creas que es siempre.

Sin dejar hablar a la enfermera, Estela se ríe y cambia el tema:

—¿Sabes cómo le fue a la mamá de Ana? Necesitamos que mañana revise a Andy.

—¿Andy? —pregunta la enfermera.

—El del lápiz. Después de todo no está equivocado. Si somos algo inhumanos.

La enfermera se queda mirando a Estela, que se va de regreso a la recepción a preguntar en qué habitación se encuentra Andy. María intenta disculparse:

—¡Lo siento mucho! ¡Traje el lápiz desde mi casa, pero no esperaba que pasara esto!

—No tengo tiempo para esto. Ya hablaremos de eso mañana.

Estela pasa por la habitación de Andy y lo ve dormido. Sigue derecho para buscar a Ana, pero sabe que ella ya no está. Se para a ver por la ventana mientras continúa bebiendo café.

—*¿Qué haces aquí?*

Veía el pueblo a lo lejos: las flores, el árbol, la plaza, el hostal de la anciana Marshi... un carro aparcado allí.

Antes de que se dé cuenta, ya es el día siguiente y está de nuevo en su oficina. Suena su teléfono:

—Aló.

—Doctora Estela, ya llegó Ana y va para su oficina.

—Gracias.

Ana entra sin tocar la puerta y tienen una discusión. ¿Cómo pudieron permitir que un paciente se hiriera en pleno hospital?

—Por cierto, el paciente se llama Andy —Ana golpea la mesa y sale de la oficina.

6
Invitaciones
(Francesca)

"¡Toc, Toc!"

Suena la puerta.

"¡TOC, TOC, TOC!"

Suena nuevamente con mayor rapidez.

Lesbruxies es lo que suena en mi mente: su aroma, sus flores, la tranquilidad embriagante que logra alterar los sentidos, tantos misterios y sus energías…

"¡TOC, TOC, TOC!"

Insisten con más fuerza y algo se escucha.

—¿Qué carajos andas haciendo? ¡Abre ya mismo!

Con la toalla alrededor de mi cuerpo y el agua escurriendo de mi cabello recogido, voy caminando con cierta lentitud hacia la puerta, poco a poco estoy más cerca al picaporte. No entiendo su afán, pero ahí está ella, mi amiga, confidente y recurrente cliente.

¡Por los dioses! su expresión, por favor ¡muero!

—¡Quítate estúpida que me orino! —sale corriendo al baño de huéspedes.

—¿Quién lo diría? Toda una doctora hablando con tan escueto lenguaje. Estar en ese lugarcillo te ha afectado bastante, ya no existe el decoro y la finura con la que te expresabas cuando llegaste a mí, pidiendo mis consejos, mi conocimiento y mis prácticas —le digo riendo—. ¿Recuerdas cuando te resistías a todo esto, te culpabas y lo negabas? Aun cuando lo anhelabas.

Pero ella no responde.

Observo a mi alrededor y es imposible no pensar en cuánto amo estar acá. Me encanta haber salido de las grandes ciudades: aquí no hay caos ni ruido. Este lugar, en cambio, ¡mi nuevo hogar! ¡Agradezco tanto que me hayan permitido adecuarlo con este intento de estilo rococó! Es un mundo diverso dentro de las hermosas estructuras coloniales. Todo es tan perfecto: mi cama, tan acolchada que es como dormir entre las nubes, los candelabros en el centro de cada techo, velas por doquier, mis máquinas donde la magia surge y los espejos, ¡claro! Solo hay una habitación donde cambian los tonos de la estética, pero bueno, casi nadie puede ingresar allí.

—¡*Mooooor*! —grita la *tratalocos* al otro lado de mi hogar.

—¿Dime? —respondo al salir del trance en el que entro cada vez que me adentro en la esencia de este lugar, *mi lugar*.

—¡Necesito que me ayudes a entrar en este traje! ¡Trae porfa los talcos y la silicona! Hoy quiero deslumbrar con mi *dress code* —a pesar de decirlo con calma siento su emoción y me contagia.

Suelto una risa.

—Pensé me pedirías que te llevará de paso los pañitos húmedos y la cremita para cambiarte el pañal, me ilusionaste —le respondo con cierta picardía.

A la izquierda de mi cama, sobre la mesa de noche reviso que se encuentren las invitaciones: esos maravillosos sobres negros con toques dorados y sellos de cera en un delicioso carmesí. Volteó a ver la pared contigua con los marcos, el lila, ese lila precioso que tanto me encanta.

—*Amore*, no puedes jugar con las invitaciones —digo.

Saco la silicona del cajón, la sostengo en mi mano izquierda y con la derecha ahuyento a los gatos de mi habitación. No me gusta que estén allí porque hay demasiadas botellas que podrían probar. Al dirigirme al cuarto de huéspedes todo empieza a sentirse diferente, me siento mareada y esto no es normal, pero no voy a prestar atención, ¡hoy no! ¡Que se tenga el mundo porque hoy quien manda! ¡Soy yo!

Los talcos vuelan por toda la alcoba. Me temo que la maleta pasó de su elegante negro a ser un dalmata descolorido, pero bueno, todo se hace por disfrutar a fondo los placeres de la vida y cada detalle cuenta. En mi mente, aún no defino qué ponerme y realmente poco estoy pensando en ello. No me quiero estresar, aún nos quedan tres horas para que lleguen *les zarrapastroses* a recogernos.

—Estela, corazón quiero ser clara contigo, esta es la última vez que coges mi silicona, ya te había dicho, *so...* me la repones y compras la tuya. ¿Va? ¿Que te ves divina? ¡Sí! Y me encanta verte así, pero amor, ya sabes... —le señalo, pongo mi cara de seriedad y terminó con una pequeña sonrisa. Entiendo que se emociona y me encanta verla así de feliz, solo que las cosas deben ser claras; amo nuestra amistad demasiado como para dejarla decaer por no decirle esto antes que llegue al límite, *mi límite*, sería catastrófico.

—¡Sí bebé, cuenta con ello! Mejor vamos a que te arregles, ¡muero por ver que te pondrás!

No sé si en la fiesta volveré a encontrarme con alguien de mi pasado. La verdad, cuando me mudé aquí no me imaginaba que hubiera algo así, de *mi escena*, en lo más recóndito del planeta... en ese pequeño pedazo de tierra del que no te hablan en las clases de historia o geografía. Como en cada evento nuevo me lo pregunto: ¿y si le veo de nuevo? ¿Elle estará ahí?

¡No! No lo creo. Sus planes a estas alturas de la vida le deben haber llevado al otro lado del continente e incluso del mundo. La cabeza me da vueltas, muchas emociones, sensaciones. La prevención ante algo que no sucederá. ¿O quizás premoniciones? No. Debe ser el hambre. No he comido nada desde que me levanté. He estado acomodando todo: sesiones por aquí, sesiones por allá, que al traje de "x" estrellita hay que cambiarle esto o lo otro porque sus caprichos son primero... si no fuera mi pasión seguro que lo hubiese dejado hace tiempo.

"¡Toc, Toc!"

—¿Andas esperando a alguien? —dice Estela con cierto acento españolete

—Sí, debe ser el domicilio. Abre, todo está pago.

—¡Huele riquísimo! Es pizza, ¿cierto? —dice ella mientras recibe la caja al buen mozo que vino a traerla.

—Así es, ¿te acuerdas de la dueña del hostal que está al centro del pueblo? Ella me recomendó el lugar hace un tiempo. Es pizza hecha en horno de leña con los mejores ingredientes. No sé cómo no exportan, estoy segura que con toda esta onda de lo orgánico les iría de maravilla.

Sentir su sabor: el queso de burrata, el aceite de oliva, las hojitas de albahaca, los tomates frescos, los tomates y cebollas encurtidas, esa masa tan fina pero esponjosa y el queso, ¡tanto queso! Se siente ligeramente la pimienta, un toquecito de laurel en la salsa… ¡DELICIOSO! Podría comerla todos los días. Al salir de mí y voltear a ver a mi querida amiga, la veo extasiada con lo que prueba. El silencio gustoso con bailecitos de gloria llenan mi hogar.

Ahora llegó mi hora. Las prendas vuelan: mallas, gabanes, botas, tacones y el cuerotex perfecto para hoy. Base, polvos, labial de color vino tinto, rímel, delineador, un poco de silicona para el cabello y un gaban de peluche tan calentito que si llega a hacer frío todo estará perfecto. Nuevamente, siento mareo. Salgo de mi habitación y voy a la cocina, reviso el fregadero y no veo los vasos. Saco uno del gabinete arriba en la parte del medio y sirvo un poco de agua, unas onzas de zumo de limón, una pizca de sal y confío en que eso sea suficiente para el mareo.

"Toc, Toc." Suena la puerta con cierta timidez.

—Deben ser ellos —comento mientras me acerco a la ventana que da a las calles empedradas y sí, ahí está la camioneta, negra, reluciente, con dos enmascarados aguardando por nosotras.

Estela se acerca a la puerta y al abrirla, otras dos bolas de carne con pequeños antifaces con la mirada al piso aparecen tras ella. Le indico que les pida seguir para que cojan las maletas, pero… momento, tienen en sus manos un par de sobres y… ¿son dorados? ¡Qué interesante! El par de cervatillos hacen caso a lo requerido, me despido de mis gatos y les pido que cuiden del hogar mientras mamá se ausenta por un tiempo. Tomo un suspiro hondo y recuerdo, ¡las invitaciones! Voy por ellas y se las entrego a uno de los hombres de antifaz.

Al estar en el carro se nos dieron las siguientes indicaciones:

1) Las fotos están completamente prohibidas, nada del entorno puede aparecer en material audiovisual.

2) Por cuestión de seguridad, se requiere que entreguen todos los dispositivos electrónicos a sus edecanes (salvo los que se precisen para el desarrollo del juego).

3) La casa se reserva el derecho de admisión y permanencia. No se permiten conversaciones convencionales. Para hablar de problemas cotidianos hay otros espacios. Allí se va a disfrutar.

4) Sea consciente de su energía e intención de juego. Si no se siente en disposición de cumplir los mínimos, pedimos que se abstenga a asistir o llegado el caso se retire con la mayor discreción del lugar. Tiene a disposición el carro en el que se le ha recogido.

Si en cualquier momento existe algún sentimiento de acoso, incomodidad, o cualquier cosa que afecte el bienestar durante la estadía, infórmelo a los moderadores.

Una vez finalizada la lectura de esta, preguntan si tenemos alguna pregunta o si hay algo por informar. No lo hay. Estela responde en negativa a ambas y yo les recuerdo que en los pasabocas solo aceptaré opciones veganas y vegetarianas. Asienten y lo informan por los intercomunicadores que cargan tras las solapas de sus trajes. Después se nos pide que nos relajemos ya que el camino es largo y llegaremos al lugar en más de una hora.

Primero toman el camino como quien va para el loquero, pero luego dan un desvío y avanzan hacia la parte más alta y boscosa de la colina. Estela y yo empezamos a dormirnos, dejando revolotear las cabezas por el cansancio del día. No sé cuánto dormimos, pero al llegar se siente como si hubiesen sido días enteros. El descanso casi celestial nos compone para disfrutar sin reparo y sin remedio de aquello que nos espera.

Un par de puertas en acero se abren ante nosotros, revelando un gran camino de césped y flores rojas. Al fondo se ve una mansión majestuosa, como un castillo antiguo. Se nos informa que aquellos que fueron por nosotras al apartamento estarán como sombras a nuestro servicio y que su labor es servirnos.

La emoción embriaga mi cuerpo. Llevo tanto tiempo sin hacer esto que solo me pregunto quién será el afortunade de poder estar a mis pies. Caminamos hacia la mansión. Nos rodea la servidumbre, todos con antifaces y máscaras, algunos atuendos distintivamente *furros*, trajes de pingüino, zapatos lustrados y guantes blancos. Al fondo, con los brazos extendidos nos espera la anfitriona:

—¿Señoras? ¿Señoritas? Bienvenidas sean ustedes a mi dulce y querida morada, espero que tengan la suficiente energía para vivir del momento. A su disposición tenemos todo lo que necesiten: sillas, ceniceros, mesas, retretes… lo que ustedes gusten; eso sí, pido el favor se me informe si alguno presenta algún tipo de sonido o servicio no apropiado.

Su apariencia no nos permite saber gran cosa sobre ella.

Al llegar nos da un recorrido por la casa. Una vez atravesamos un pasillo principal que Robert Wadlow podría caminar sin agacharse, llegamos al salón principal. La música es envolvente y llega a todo el lugar. Allí está el buffet. En aquella sala se llevará a cabo la cena de socialización para lo cual se recomienda presentarnos con el *Nickname* de *Fetlife*. A la vista hay algunos "cerdos" dulces y jugosos como parte del banquete. Al subir las escaleras contiguas al comedor, nos esperan un par de mesas con unas copas de champagne.

Luego de un brindis de inicio, la anfitriona nos muestra cada uno de los escenarios temáticos a nuestra disposición, haciendo hincapié en que debemos revisar los letreros que hay al lado de las perillas, pues, solo así sabremos si se permite participar.

Durante el recorrido me pregunto si hemos llegado demasiado temprano, pues nadie más está aquí además de nosotros tres y la servidumbre. Estela presta atención a todo mientras que yo me pierdo en la decoración, las paredes y mis pensamientos; los mosaicos no parecen ser un simple papel tapiz, pues hay minucias en los trazos que infieren un trabajo a mano alzada; los detalles bizantinos y medio barrocos me tienen anonadada.

Es imposible no prestar atención a los detalles. En un cuarto encontramos al menos a diez personas de todos los tamaños, colores y géneros, todas en plena disposición para jugar con nosotras.

Mi mente divaga con uno de los *platillos* que se encuentran en la primera planta: sus muslos me tientan y la anfitriona parece notarlo:

—Pueden jugar, pero recuerden que primero viene la subasta. Acá el pago no será con dinero… eso cualquiera puede tenerlo —

finaliza con una risita malévola—. Así que, mis señoras, por favor siéntanse libres y cómodas. No solo tenemos cerdos: también caballos, perros, gatos, pumas y cuanta sabandija se les ocurra. Los más sublimes, nuestros bebés, ellos se encuentran en la última planta y para interactuar con ellos deberán hablar primero con sus cuidadores. Si les dan una negativa, sé que lo sabrán entender.

Después de eso, ocho de los juguetes corren y toman dos sillas de terciopelo rojo adornadas con esmeraldas. Se ponen de rodillas y cargan las sillas en sus espaldas. La anfitriona nos pregunta si queremos caminar o queremos que ellos nos lleven. Estela ríe, y yo respondo que preferimos caminar por ahora.

En el último piso nos muestran la habitación que podemos usar para descansar, en la que nadie nos hablará. Por último, la anfitriona nos pide que usemos cada rincón si queremos, incluso los elementos de las caballerizas, pero que no entremos a una habitación cerrada con llave. Allí son las cocinas.

Al revisar el reloj en mi muñeca noto que apenas han pasado cuarenta y cinco minutos desde que llegamos. Volvemos al espacio principal. Ahora hay más de doscientos asistentes. Me siento desconectada y perdida. Es un lugar abierto rodeado de columnas helénicas. Todo es tan extraño… pero mi cuerpo es uno con las vibraciones de la música y solo quiero empezar. La anticipación se apodera de mi organismo.

—¡Gracias por estar aquí! ¡Disfruten y hagan que Sodoma y Gomorra parezcan templos al lado de la magnificencia de lo que hoy harán!

El evento ha comenzado. Empiezan a escucharse gritos y gemidos, a veces al unísono; los columpios completamente copados, máscaras con embudos van y vienen, botellas de lubricante, ¡cuánta cantidad de fluidos corporales ruedan por los suelos y cuántos limpian el suelo con la lengua! Se escuchan golpes: puños, palmadas, patadas, nalgadas, azotes, ¡es un idilio completo! Hay de todo para todos: las delicias de ver y ser visto, el éxtasis de otros unido al propio… y grandes concentraciones de poder deslizándose por todas partes, reuniéndose en las canaletas doradas y en los sócalos, dirigiéndose caóticamente hacia el sótano de la casa que atrae la magia roja como un sifón. ¡Qué opulencia! ¿Quién podría gozar de algo semejante?

—Primer aviso, las sombras anuncian que en una hora y media deberemos dirigirnos a la primera planta —anuncia la anfitriona, sin notar que mis ojos apuntan hacia el suelo, hacia la palpitante energía que parece un monstruo viviente.

7
La quemada
(Martin / Lauren)

El tintineo de las cadenas atadas a la pared que revolotean con cada uno de sus movimientos y la reverberación casi aturdidora e inquietante alrededor hacen que Martin se despierte. El dolor de cabeza es inaguantable y el olor a moho y humedad es asfixiante. Lentamente, el joven abre sus ojos para encontrarse con la oscuridad a la que ya se ha acostumbrado.

Afuera de su prisión de piedra ve dos pequeñas antorchas iluminadas.

Aguzando un poco la vista, Martin nota que no está solo. Más allá de las luces hay una figura humana vestida de blanco, sentada sobre una piedra. Su letargo es reemplazado por el miedo según Martin recobra su consciencia y recuerda la situación en la que está.

—¡Lauren! ¿Dónde está Lauren? —pregunta asustado, tratando de levantarse, pero ceo sentado de nuevo con un golpe seco debido a las ataduras de sus manos y cuello que lo devuelven de inmediato al suelo.

No recibe respuesta.

—¡Responde! ¡Maldita sea! —grita Martin llevándose las manos a la cabeza como puede para tratar de presionar sus sienes y mitigar el dolor.

La figura inmóvil cobra vida. Se levanta y camina lentamente hacia las antorchas. Las apaga, pero Martin alcanza a reconocer el uniforme blanco de una enfermera del hospital que se marcha por el túnel, murmurando.

Escucha los pasos rebotando contra cada pared de la caverna sin poder adivinar su dirección. Un escalofrío recorre su espalda y el nudo que se le forma en la garganta no le permite emitir ningún sonido más. Cierra los ojos con fuerza, negando en su mente la situación, deseando que solo sea un sueño y cuando vuelve a abrirlos las antorchas están de nuevo encendidas y a su derecha hay un pequeño plato con un par de analgésicos y un vaso de agua. Martin los mira, los ignora y recuesta su espalda contra la pared, mirando hacia el techo, con el dolor extendiéndose a cada rincón de su cabeza.

—¡Esto no puede estar pasando!

Quizás en un intento por tranquilizarse, Martin muerde su lengua y aguanta la respiración para contener el llanto. Un inevitable y caótico torbellino de pensamientos y emociones azota su mente sin compasión: nada tenía sentido. Todo está mal en el mundo. Teme que su amada esté en su misma situación, o que le haya pasado algo peor… y teme por el futuro. Teme enfrentarse a su muerte. Teme que le hayan hecho daño a ella, o que se lo hagan a él. A pesar de su dura coraza, él sabe que por dentro Lauren es un ser tan frágil como él.

En medio del miedo, la frustración y la impotencia, se ve incapaz de pensar con claridad, de recordar qué estuvo haciendo la noche anterior, antes de que todo esto pasara. Pronto, no puede contenerse más. Iracundo y consciente de que gritar para pedir ayuda es inútil, entre sollozos, vocifera:

—¿Por qué no me pueden matar de una vez? ¡LAUREN!

Y siente el caos de su mente desatarse.

Grita un rato y, cuando se calma, se siente tentado por el alivio que pueden brindarle los analgésicos. Los toma y los sostiene en su mano. Los mira fijamente, maldiciendo a los que lo trajeron.

¿Para qué tomarse la molestia? Las lágrimas vuelven a correr por su rostro.

—¡Desgraciada! ¡HIPÓCRITA!

Con los dientes, intenta partir por la mitad el sachet de aluminio que contiene las tabletas. Una vez se asegura de que la bolsa es lo suficientemente filosa, con odio y dificultad se intenta rasgar la piel de los brazos.

Pretende ahogar sus emociones con dolor, pero tiene poco éxito. Se rasguña pocas veces y arroja las pastillas lo más fuerte y lejos que puede. Le da un golpe al vaso con agua, derramándolo por el sucio sueño de piedra. Pronto lo lamenta.

Vuelve a presionar su cabeza, esta vez halando fuertemente su cabello, llorando hasta quedarse dormido de nuevo.

***

—¿DÓNDE ESTÁ? —grita Lauren de forma estrepitosa en la oficina de Miriam, la directora del hospital.

La directora levanta la cabeza, confundida. Lauren es una niña bien portada que sabe mantener la compostura en cualquier situación.

—¿Dónde está quién? —responde con cierta elegancia altiva.

—No se haga la idiota que no tengo tiempo para juegos! ¿Dónde está Martin? ¿Qué tan pendeja me creen? —expresa Lauren exasperada y en *crescendo* mientras arroja una carpeta sobre el escritorio.

—¡Cálmate, niña! Si te sientas y respiras, podemos hablarlo de forma civilizada. Confío en que podemos llegar a soluciones civilizadas, ¿verdad? —dice Miriam, esta vez entrecruzando los dedos mientras habla, ensombreciendo su tono y su mirada con cada frase, y penetrando con sus profundos ojos verdes las defensas de Lauren.

Niña… ¡Cómo detesta que la llame así! Ni siquiera recuerda haber sido una niña alguna vez, mucho menos iba a serlo a los veintiocho años y con tantas vidas en sus manos. Nunca pudo decir nada al respecto y este, claramente, no es el momento.

Lauren, intimidada por la autoridad de la mujer que está sentada frente a ella, pasa su mano por su corto cabello castaño y se sienta de forma impaciente e inconforme en la lujosa silla forrada en terciopelo negro. La perfección de la oficina, el orden impoluto de las cosas, hace sentir a Lauren que desentona en el hospital. Su aspecto descuidado, su traje gris arrugado y su cabello despeinado la hacen parecer otra persona. Normalmente es pulcra y decorosa igual que Miriam.

—¿Qué es lo que pretendes con un escándalo de esta magnitud? ¿Quieres que todo el mundo se entere? ¿Debo tomarme esto como una *declaración de guerra*? —dice la firme y profunda voz de contralto de Miriam mientras le pasa un espejo y un peine a Lauren—. Arréglate el cuerpo y la mente, *niña*.

No es necesaria una sola palabra más para que Lauren tome los utensilios y empiece a recomponer su imagen. Si algo aprendió creciendo en casa de la directora del hospital es que ningún error es tolerable, que todo tiene que estar en su lugar siempre. *Siempre.* Ella claramente está fuera de lugar con la escena que acaba de causar. Habiéndose calmado un poco, empieza a decir con un tono más sumiso que antes, pero aún inquisitivo.

—Martin estaba en el pabellón A. Se supone que los del pabellón A no son ni siquiera una opción para... —se detiene dubitativa, recorre las palabras mentalmente y juega con el delicado peine plateado entre sus manos, casi como una niña pequeña—. Para cumplir con nuestra labor.

—Sabes que ni tú, ni yo, ni nadie puede comprender por completo los designios del *Equilibrio*. Nosotras somos herramientas. Nosotras solo obedecemos. No te puedes dejar llevar por esos sentimientos inmaduros que te afligen. ¿Acaso quieres sucumbir al caos? O, peor aún, ¿Quieres terminar como una quemada?

—¡Claro! ¡Usted siempre lo sabe todo! —replica Lauren con una nota de sarcásmo.

—¡No, querida! ¡No lo sé todo! ¡Yo lo *siento* todo! Ahora ve y haz tu trabajo, seguiremos hablando de este asunto más tarde.

Lauren quiere resistirse, pero un solo vistazo le basta para darse cuenta que la mujer ya ha abandonado por completo el tema y está inmersa en el papeleo que tiene organizado sobre su escritorio. Lauren toma la carpeta y camina hacia la puerta sin mirar atrás. Cruza el pasillo principal del ala administrativa y toma un desvío. Entra al baño que se encuentra junto a la entrada del ala A, se mira al espejo y con el rostro carente de emoción, reacomoda su traje y vuelve a la elegancia sobria que la caracteriza. Luego de una inhalación profunda, sale del baño para entrar al pabellón A, ahora dirigiéndose a la isla de enfermería.

La tensión en el aire y los murmullos entre el personal del hospital generan un ambiente casi claustrofóbico. Todo se va quedando en un silencio casi absoluto al paso de Lauren, que finalmente empieza a dar órdenes y a pedir las grabaciones de seguridad de los días anteriores. No tiene ganas de quedarse allí una hora más, así que recopila todo el material y se lo lleva a su casa para analizarlo. Tiene que esperar a Vélez para el interrogatorio, pero con lo negligente y perezoso que es, la joven intuye que no irá hasta mañana, o pasado mañana con suerte.

De camino a casa toma un desvío un tanto innecesario para atravesar la plaza del pueblo. Se acerca a una panadería y compra un par de panes y un par de pasteles dulces. En el camino, arranca una flor roja pequeña de uno de los ventanales cercanos casi sin importarle si alguien está mirando. Revisa hacia los lados con apuro, entreviendo hasta que la ve: la loca del pueblo. La mujer lleva un suéter roído, ya por el uso o ya por la exposición a la intemperie, el cabello castaño oscuro revuelto y cubriéndole la mitad del rostro, sus pies descalzos y la mirada completamente perdida. Junto a ella pasan dos mujeres, una de ellas usando un uniforme rosa de mayo proveniente del San José, y una de las recepcionistas. Lauren se acerca lentamente, escuchando las palabras de la mujer sobre la vagabunda:

—¡Maldita quemada! No entiendo por qué las dejan vagando por ahí, afeando el paisaje. Es más, debería haber un área en el loquero para que este tipo de… gente no estorbe por ahí.

—¡Tú no…! —dice la del uniforme rosa de mayo, pero niega con la cabeza y se calla.

Lauren la mira con disgusto pero igualmente las sigue:

—¿Te vas a enojar por eso? ¿En qué se supone que te afecta?

Ambas mujeres continúan su camino y, cuando están a una distancia segura, Lauren se acerca, se sienta un momento y, sin decir una sola palabra, le pasa la bolsa de la panadería a la mujer de la plaza, que no se inmuta ni un ápice frente a las palabras hirientes de la transeúnte.

Sin mirar el rostro de Lauren, levanta las manos con cierto letargo y toma la comida. Empieza a comer con toda la energía que no había mostrado hasta ahora y, cuando ya ha dado un par de bocados, Lauren se sienta a su lado, la mira de reojo, revisa hacia los lados y saca un suéter nuevo de su bolso, lo pone a un lado, doblado en un cuadrado perfecto y se gira para que su rostro quede frente al de su acompañante que sigue comiendo sin encararla. Lauren trata de acomodarle un poco el cabello, pero se rinde ante la maraña y decide ponerle la flor en el cabello. La mujer se sobresalta por primera vez y Lauren se asusta, dejando caer la flor. Un poco frustrada, se levanta, mira a la loca con un dejo fugaz de tristeza, niega con la cabeza y retoma su camino. La mujer se queda comiendo, como si nada hubiese pasado, en medio de un enajenamiento inquebrantable, pero luego mira la flor y vuelve a ponérsela en el cabello.

Se ve el atisbo de una sonrisa en su rostro.

8
La culpable
(Karina)

Tanto al pueblo como al hospital llegan los rumores. ¿Es posible que un paciente se escape de un lugar tan prestigioso? ¡Vaya escándalo! ¡Y las repercusiones que tendrá para la imagen del hospital serán espantosas! Lo peor de todo, es que ocurrió en *su guardia*. ¡En su maldita guardia! Karina está frente a la cafetera con la mirada perdida. El café caliente desbordándose y cayendo sobre su mano la saca de su ensoñación. Da un paso hacia atrás y maldice con todas sus ganas, pero sin emitir ningún sonido. Saca un pañuelo de su bolsillo y comienza a limpiarse, pero es evidente que el líquido marrón va a dejar una mancha en su uniforme.

Abandona su intento de servirse una taza de café y camina hacia la oficina de Miriam. Lleva 5 minutos de retraso y sabe que estará en problemas.

No le toma mucho tiempo llegar a la dirección general del hospital donde la están esperando cuatro mujeres. No todas trabajan en el San José. De hecho, se le hace extraño que solo esté una de sus compañeras allí.

Miriam le pide que pase y tome asiento. La mira fijamente por casi un minuto que se siente como una eternidad. Los ojos entrecerrados y la respiración forzosamente pausada dan una clara muestra de que está conteniendo su ira. Cuando por fin habla, con voz profunda y firme, Karina se estremece:

—Dime, Karina ¿Por qué estás aquí?

Karina la mira confundida y nerviosa.

—No lo sé, señora —agacha la mirada al encontrarse con los ojos que, de no ser verdes, parecerían agujeros negros que se lo tragan todo—. Usted fue quien me llamó.

—¿Por qué estás aquí? —pregunta una vez más Miriam sin cambiar ni un poco su expresión.

—Me llamó para hablar sobre la desaparición del paciente, ¿verdad?

Miriam continúa mirándola, con un peso que cada vez se hace más difícil de aguantar para Karina. Tiene ganas de llorar y gritar, su cuerpo le dice que tiene que salir corriendo de allí, pero en lugar de eso Karina traga saliva y rompe de nuevo aquel silencio delicado como el cristal.

—Todavía no entiendo qué fue lo que pasó. No hay registros en las cámaras ni en las puertas electrónicas. Es como si el paciente se hubiera esfumado en el aire.

—¡Así que ahora los pacientes pueden esfumarse en el aire! ¿Ah? ¡Ahora nos salió brujo entonces! —exclama Miriam con crueldad.

Las otras mujeres se ríen entre murmullos y Karina se sobresalta. Estaba tan tensa que incluso había olvidado la presencia de las mujeres a los costados del escritorio de la directora.

—Yo… yo no dije eso —aclara Karina con un hilo de voz, bajando aún más la mirada y encogiéndose en la silla—; pero es muy probable que alguien lo haya ayudado a escapar —añade, tratando de recuperar la compostura.

—¡Seguramente te valoran por tu intelecto porque no se puede decir que seas una cara bonita! ¡No necesito tus obvias suposiciones sobre el asunto! Necesito que me des respuestas concretas, las quiero para la próxima vez que te vea. Por ahora, nuestra junta sigue en pie. Prepara los canalizadores y convoca al resto. Tenemos mucho trabajo por delante. Ahora mucho más con este percance, no quiero que tu incompetencia lo arruine… *aún más*. ¡Arréglate! ¡Tanto en la mente como en el cuerpo! —le dice la directora, apuntándole a la mancha de café con su cabeza.

Karina reúne toda la fuerza que puede. Se levanta y sale de la oficina sin decir palabra alguna. Deprisa, se dirige hacia la isla de enfermeras del pabellón A y busca con impaciencia su uniforme de respaldo. Desesperada por no encontrarlo, toma el primero que encuentra. Cualquier consecuencia es menor a la que podría enfrentar al hacer enojar más a su superior. Lauren se acerca y la mira de arriba a abajo de forma desaprobatoria. ¡Lo que le faltaba! ¡Que viniera la engreída nepotista de Lauren a verla en su peor momento! Lauren sumerge su mirada en la tabla con los documentos que tiene en las manos, y se dirige a la jefa de enfermeras con frialdad:

—Dame el programa establecido para la junta, *Karla*.

Karina la mira con rencor. Lleva varios años trabajando en el hospital y conoce a esta niña mimada desde que ambas eran pequeñas. Han tenido que hablar casi a diario durante gran parte de su vida y… ¿en serio todavía sigue "olvidando" su nombre? Karina hace una pausa y trata de respirar para contener su ira, lo que termina en un resoplido frustrado.

—Karina. Me llamo Karina. El programa aún no está listo. Apenas vengo de la oficina de la directora que me…

Lauren la interrumpe, sin dirigirle la mirada todavía.

—La fiesta es en un par de días. Todo debería estar listo ya. Primero, la fuga del paciente y ahora, ¿esto? ¿Acaso es imposible que hagas algo bien? —termina esa frase levantando su mirada levemente con un aire de superioridad—. Quiero todos los registros de las cámaras y de las puertas en mi escritorio lo antes po…

Karina no la deja terminar y pone una caja con todo el material sobre el escritorio. Lauren la toma y se va, en absoluto silencio. Cuando ya la ha perdido de vista, Karina empieza a respirar despacio y se repite a sí misma:

Solo tienes que aguantar hasta después de la fiesta. Solo un poco más. Un poco más…

Habiéndose calmado un poco, Karina se dirige hacia el sótano del hospital, donde una pequeña puerta de metal le da acceso a los túneles. Camina un poco, escuchando como sus pasos reverberan en el espacio. No le gustan los espacios cerrados, pero ya se ha acostumbrado a ellos. Luego de unos diez minutos caminando, encuentra el salón al que se dirige: una cavidad enorme rodeada de antorchas y con un candelabro gigante que cuelga por encima de una mesa de piedra, rodeada de elegantes sillas de madera. Karina pone la mochila sobre la mesa y se dirige hacia la pared, donde mueve una lámina de piedra falsa y se encuentra con una caja fuerte. Pone la combinación, casi guiada por su memoria muscular, y empieza a sacar unos cristales de colores del tamaño de su dedo meñique y los esparce en cada puesto de la mesa, en unos pequeños compartimentos escondidos entre la roca.

9
No la abras
(Herrera)

—¿Qué es ese olor? —preguntó Axel al percibir la cálida fragancia que llegaba hasta la alcoba de Herrera desde el primer piso—. ¿Qué están preparando en esa cocina?

Su compañero cerró los ojos e inhaló la fragancia.

—Me recuerda a los remedios para la tos que mi abuela me preparaba de niño. Bueno… casi, esto es mucho más complejo, huele como una selva tropical allá abajo. Debe ser algún remedio tradicional del pueblo. Aquí claramente aman las tradiciones.

—Supongo que sí —estuvo de acuerdo Axel—. ¿Viste todo lo que tienen en la feria del centro? Piedras de todos los tamaños y colores, plantas, collares, anillos… cuando terminemos este trabajo tenemos que pasar por ahí a llevar *souvenirs*.

Herrera asintió con la cabeza.

—Bien. Hablando de terminar el trabajo: nadie conoce a ese tal Martin Esteves, y tampoco a su novia Laura. Ninguno de los dos aparece en el directorio telefónico local.

—¿Entonces… Laura no está?

Herrera le dedicó una mirada reprobatoria, pero rio de todas formas.

—Sí, Laura se fue.

Esta vez fue el rostro de Axel el que se ensombreció.

—El hospital me da mala espina. ¿Cómo es posible que ni siquiera me permitieran hablar con la recepcionista? Amenacé con multar a los guardias por obstrucción de la justicia. Ellos llamaron a una tal Miriam por radioteléfono y luego me dijeron que hiciera lo que tuviera que hacer pero que eran órdenes de sus superiores. Les dije que volvería con una orden, pero en este punto dudo que eso sirva para algo. Además, ¿de dónde voy a sacar una orden? Dijiste que la estación de policía local no está dispuesta a colaborar de ninguna manera.

Lucas negó con la cabeza:

—El jefe de policía tiene sólo a tres oficiales bajo su mando. Uno se encarga del archivo, otro es su compañero, y tienen a un muchacho. Apenas si me escucharon cuando les dije que había recibido una denuncia. Estaban corriendo de un lado a otro porque tenían que irse a hacer el levantamiento de un cuerpo.

—Siendo justos con ellos, son muy pocas personas para tanto trabajo —comentó Axel—. Incluso en un pueblo donde se supone que no pasa nada, debe haber mucho papeleo.

Lucas hizo el amago de meter la mano en su bolsillo para sacar un cigarro, pero cerró el puño y luego se rascó la cabeza. Cuatro años sin fumar no le habían quitado el instinto de llevar su mano al bolsillo cuando estaba tenso. Se preguntó por qué se sentía así.

—Vélez y su compañero, Sáenz, creo, estaban hablando de la difunta cuando yo llegué. Julia Escobedo, cuarenta y nueve años, madre de familia, fue asesinada por su esposo en horas de la madrugada. La mató a golpes con una piedra del rio.

—¡Qué hijo de puta!

—Sí. Y luego fue a la estación a entregarse por lo que había hecho. Pidió que lo encerraran. La piedra todavía estaba en el escritorio de Vélez dentro de una bolsa de plástico para evidencia.

—¿Y de qué sirve sentirse culpable y entregarse a esas alturas? ¡Eso es mucho…!

—Hijo de puta, sí. Lo encerraron en la estación, pero no lo han procesado aún. Se marcharon a realizar el levantamiento y lo dejaron ahí. Tener sólo a cuatro oficiales en un pueblo entero hace que los procedimientos no sean muy ágiles. Aun así, tengo que regresar a la estación en la tarde y hablar con Vélez como sea. Nos guste o no, es el proceso regular informar a las autoridades locales de lo ocurrido.

Axel se quedó mirándolo fijamente.

—¿Qué te pasa Lucas? ¿Por qué estás nervioso?

El detective respiró profundo y apretó ambos puños.

—Ramiro Madrid, el tipo de la piedra de rio estaba encerrado en un cuarto y no paraba de gritar incoherencias —Herrera sintió un escalofrío subir por su espalda—. Puras locuras. Estaba completamente fuera de sí. Supongo que estaba en shock por lo que había hecho.

—¿Por qué te impresionó eso? No es el primer loco que ves en la vida. ¿Recuerdas al viejo que se quitaba los pantalones en Medellín?

Herrera suspiró.

—Si, claro, pero este era… no sé qué fue lo que me molestó. Su voz cambiaba de tono, de personalidad, como cuando ves a un niño pequeño jugar con sus juguetes. Decía que lo lamentaba, que la amaba mucho, que él había tenido la culpa por confiar en un extraño… pero hablaba como si ella estuviera ahí escuchándolo, y se callaba como si ella le respondiera. Temía que *ellos* le hicieran algo a una mujer llamada Charlotte.

Axel soltó un resoplido de incredulidad.

—¡Descarado! ¡Seguro pretende alegar demencia para que no lo lleven preso!

Lucas se encogió de hombros.

—Si él mismo fue a confesar y pidió que lo encerraran dudo que le preocupe que lo lleven preso. Creo lo que tú dices, que estaba en shock; también que el hijo de puta está como una cabra, pero no puedo negar que me pone nervioso ese tipo. En fin.

—Sí. En fin. ¿Pasarás toda la tarde en la estación?

—Seguramente. ¿Qué más puedo hacer? Sin embargo, necesito que tú averigües lo que puedas. Debes ir al centro médico, al mercado, a las tabernas, a todo lugar que atraiga a los jóvenes o a las parejas y preguntes si alguien vio a las personas descritas en el reporte. Puede que encuentres algo.

Axel asintió con la cabeza y se dirigió a la puerta. Lucas lo alcanzó en la escalera:

—¿Ya comiste algo? —le preguntó paternalmente, pero Axel no le respondió.

Desde la cocina se escuchaba el llanto desconsolado de la anciana dueña de la posada. La muchacha y el hombre que habían llegado hace rato a visitarla intentaban consolarla, pero sus voces temblorosas y agitadas no lograban musitar palabras inteligibles.

Todos estaban destrozados. Herrera se preguntó si la anciana estaba relacionada con la señora Julia Escobedo mientras salía del local y, al abrir la puerta a aquel magnífico pueblo de construcciones tradicionales y enormes flores color sangre, tuvo la sensación de entrar a una dimensión diferente, tan mágica como aterradora, tan bella como letal.

Se sintió invadido por un pesado sopor, aun cuando no se había separado de su compañero y fueron a la tienda a comprar empanadas de maíz amarillo para mitigar el hambre hasta la noche, aún al masticar la crocante corteza rellena de carne desmechada con papa criolla, bañada en limón y ají verde como a él le gustaba, y aún al separarse de Axel y caminar bajo el sol de la tarde a través de las antiguas callejuelas de Turó de Lesbruixes en dirección a la estación de policía.

Escuchó el eco de unas campanas provenir de una gran casa blanca que abarcaba varias cuadras y se preguntó si se trataba de una iglesia o un monasterio, pero pocos segundos después las enormes puertas de madera se abrieron y varios grupos de jóvenes en uniforme escolar salieron de allí, riendo, jugando con balones, o inmersos en sus teléfonos, desconectados del mundo a su alrededor.

Lucas Herrera siguió su camino, zigzagueando cuidadosamente para evitar a los grupos de chicos que corrían desordenadamente, y a una anciana con una flor en la cabeza que lo miraba con curiosidad desde el parque.

Se sentía mareado y confundido, como si una parte muy en el fondo de su ser temiera volver a la estación de policía por aquello que estaba a punto de encontrar.

Lucas llegó a la estación y encontró la puerta abierta, pero no había nadie en el interior.

¿Quizás los oficiales no habían regresado de su hora de almuerzo?

—¿Señor Vélez? —llamó Lucas y le pareció que su voz no era suya. Se aclaró la garganta y llamó de nuevo—. ¿Señor Vélez? ¿Señor Sáenz?

Pero nadie respondió.

En lugar de sentarse en la sala de espera, Lucas caminó lentamente por la estación. La puerta de la oficina de Vélez estaba abierta de par en par. Adentro había un viejo librero y el escritorio sobre el cual reposaba una bolsa de plástico resellable, vacía. Eso le extrañó. ¿Esa bolsa…?

—¿Hola? —llamó Lucas con una voz inusualmente aguda.

¿Por qué su pulso se aceleraba en este momento? ¿Por qué se sentía en peligro así nada estuviera pasando? ¿Qué era lo que le resultaba tan inquietante de ese silencio, de esa bolsa vacía?

Y entonces lo notó.

Como presa de un hechizo, Lucas siguió caminando hacia los cuartos de interrogatorio y se encontró con una puerta entreabierta.

"¡No la abras!" se dijo a sí mismo mientras su mano empujaba la puerta de madera que rechinó durante varios segundos para revelar un charco viscoso de sangre y entrañas pegajosas que chorreaban desde el techo, en el que estaba clavado el cuerpo de Ramiro Madrid, abierto por la mitad desde la mandíbula hasta la entrepierna, su interior desperdigado por toda la sala. Era como ver una papaya podrida, roja, emitiendo un olor vomitivo que se entremezclaba con la fragancia dulce de las flores rojas que estaban en el suelo, rasgadas, aplastadas y pisoteadas.

Lo único dentro de la sala que no había sido mancillado era la piedra de rio. Esta reposaba en el centro de la sala, limpia, impoluta, y debajo de ella había un mensaje escrito en la sangre de Ramiro, que rezaba:

"III - 20:6"

Herrera no supo si vomitar o gritar, si salir corriendo o romper a llorar por la crueldad del ser humano, pero no pudo hacer nada de esto, pues un ruido hizo que sus huesos se helaran. Los policías habían regresado a la estación y charlaban tranquilamente. Intentó gritar, intento llamarlos, intentó moverse, pero no pudo mover ni un músculo, tuvo que escuchar cómo se alarmaban y se dirigían hacia aquí para encontrarlo a él, allí de pie, solo, en un lugar en el que no debería estar, en presencia de algo tan inhumano y despreciable que no debería tener lugar en este mundo ni en ningún otro.

10
Vaticinio
(Estela/Andy/Ana)

—¿Dónde estoy? me duele la cabeza —exclama Andy a las ocho de la mañana en la habitación C7 al despertar del letargo causado por las drogas. Abre lentamente los ojos e intenta reconocer su entorno.

Al intentar tocarse la cabeza siente un dolor intenso en la mano izquierda. No puede moverse. Se encuentra amarrado de manos y pies a la cama.

—Veo que ya está despierto —dice la enfermera mientras entra a la habitación.

Andy brinca del susto. Nuevamente le duele la mano.

—¿Por qué estoy amarrado? ¡Suélteme!

—Es por su seguridad —dice la enfermera mientras revisa la canalización en su brazo —. ¿No se acuerda que se apuñaló la mano? Debimos tranquilizarlo y traerlo aquí.

—No pueden hacer eso, es contra mi voluntad —replica Andy con voz desafiante.

—Como le indicaba es por su seguridad —la enfermera le pone la mano en el brazo mientras lo mira fijamente de manera misericordiosa.

—Como quiera —replica Andy volteando la cara—. Ni siquiera debería estar acá, me duele la mano… y la cabeza, ¿me puede dar algo?

La enfermera mira la hora en el reloj de la pared y de manera cortante responde:

—No —La enfermera camina hacia la ventana y abre la cortina para que entre la luz. Las paredes de la habitación brillan tanto que incomodan a Andy.

—¡Uish! —exclama Andy mientras la enfermera sale de la habitación—. Tengo frío, ¿me puede dar una cobija al menos?

La enfermera se va sin prestar atención a la solicitud.

Al terminar la ronda por las habitaciones del sector C del hospital la enfermera se dirige a la oficina de Estela.

"Toc, toc".

—Siga —dice Estela.

La enfermera asoma la cabeza.

—Doctora, el paciente de la habitación C7 ya se despertó.

—Siga, siga —dice Estela mirando a la enfermera por encima de sus gafas mientas esta ingresa en la oficina—. ¿Cómo se encuentra el paciente? —pregunta.

—Pues bien… aunque sigue un poco exaltado. Me pidió algo para el dolor —la enfermera se rasca la cabeza.

—¿Y?

—Le dije que no. Aún no es hora de los medicamentos. Es peligroso darle tantos.

—Ok, está bien —dice Estela mientras suelta el esfero y descansa su espalda contra la silla—. Ya voy… gracias.

—Con permiso —dice la enfermera mientras sale de la oficina.

—Enfermera —exclama Estela—. ¿Sabe cuál es el nombre del paciente?

—No señora —responde la enfermera parada en la puerta con la perilla en la mano.

—Gracias, puede irse —dice Estela y respira profundo.

Estela entra en la habitación de Andy con una sonrisa en su cara.

—Hola Andy, ¿cómo estás? —acerca una silla al lado de la camilla y se sienta. Andy voltea la cabeza, mirándola de arriba a abajo.

—¡Ah! Es usted.

—¿Cómo estás? —pregunta nuevamente Estela.

—¿Qué le puedo decir? Estoy acá encerrado contra mi voluntad y ni siquiera sé por qué, me tienen amarrado a la cama, me duele la mano y la cabeza y no me dan nada para el dolor. Es secuestro, ¿cómo estaría usted?

Estela apoya sus codos en las rodillas.

—Me llamo Estela. Tengo treinta y dos años y soy psicóloga en San José de la Pradera, mucho gusto Andy. Mira vamos a hacer algo porque no tuvimos un buen comienzo, ¿sí? Ahorita a las diez y media vamos a tener una sesión de terapia con otros pacientes. Quiero que te unas a nosotros, pero vas a tener que seguir unas condiciones: vas a tener que calmarte, te vamos a quitar la canalización, pero te vamos a mantener amarrado. ¿Te parece bien?

—¿Acaso es que soy un animal que deben tener amarrado? —responde Andy—. Mejor suélteme y déjeme volver a mi casa. No pertenezco aquí. Si mi mamá se entera los va a denunciar.

Estela se levanta de la silla un poco molesta, se dirige al piecero de la cama y toma el expediente de Andy.

—A ver, según estos documentos, no tienes madre. Andrés Torres, vives con tu padre y eres hijo único. Tu padre te internó porque estas presentando unos cuadros de psicosis y esquizofrenia. Has estado medicado desde hace meses debido a tu comportamiento errático y peligroso; manifiestas haber tenido sueños, pesadillas e incluso alucinaciones vividas. Considero que eso responde tus preguntas, ¿qué opinas de mi propuesta ahora?

Haciendo un movimiento brusco hacia el frente Andy le grita a Estela.

—¿QUÉ? ¿QUÉ PUTAS ESTÁ LEYENDO USTED? ¡LOCA USTED! ¡DÉJEME IR! ¡NO SOY TORRES, SOY ESTEVES! ¡ESE EXPEDIENTE NO ES MÍO! ¡AUXILIO!

—Bueno, lo intenté. Proseguiremos con los medicamentos recetados por el psiquiatra. Hasta luego —dice Estela y cierra el expediente.

—¡NO! ¡ESPERE! ¡NO SE VAYA! ¡No es lo que piensa! ¡Acepto! ¡Acepto sus condiciones! ¡Ayúdeme! ¡Necesito ayuda!

—Está bien —dice Estela —. En un rato vendrá una enfermera a alistarlo para asistir a la sesión de terapia.

Estela sale de la habitación con la cabeza atestada de pensamientos.

"¿Estoy haciendo lo correcto?"

Pero está intrigada con Andy, su expediente que deja mucho que desear y su posición hostil. Llega a su oficina a preparar la terapia, no sin antes tirar la puerta con frustración, tras el turbio encuentro con Andy.

***

Como Estela prometió, una enfermera llega a alistar a Andy a las diez y cuarto con una silla de ruedas, le quita la canalización, limpia la herida de la mano y pone otro vendaje.

—Le voy a desabrochar las correas y lo voy a sujetar a la silla de ruedas, ¿bueno?

La enfermera procede de forma cuidadosa y algo cautelosa debido a su comportamiento anterior. Andy sigue sus instrucciones y es sujetado a la silla de ruedas.

Salen de la habitación a las diez y veinticinco hacia el cuarto de terapia. Al llegar a la sala de terapia hay alrededor de diez pacientes sentados en circulo. Andy es ubicado al lado de otros pacientes que parecen de su edad. La enfermera sale de la habitación e inmediatamente una chica se sienta a su lado.

—Hola, soy Genis, tengo diecisiete años y llevo seis meses en este basurero. ¿Cómo te llamas? ¿Qué te paso en la mano? ¡Ah! ¡Fuiste tú el del esfero en la recepción! ¡Gracias por hacer que nos encerraran más temprano ese día! —Andy la mira por el rabillo del ojo sin decir una palabra—. Bueno, al parecer eres mudo —se burla.

—Es difícil hablar si no dejas de lanzar preguntas —dice Andy poniendo los ojos en blanco, pero esbozando una ligera sonrisa.

Se abre la puerta de la habitación. Estela, Ana, Miriam y un par de enfermeros se presentan al grupo de pacientes y comienzan la sesión.

—Grupo, les quiero presentar a Andy. Tiene 18 años —dice Estela de repente.

Miriam, la directora, lo mira con sorpresa y le susurra algo a Estela. Ella parece confundida.

—Vine buscando a Martin, mi hermano mayor —Andy se pone un poco tenso mientras habla—. Él fue atacado por unos encapuchados en el bosque. Olía a flores… yo no supe qué hacer… ¡él no sabía que yo lo había seguido hasta el bosque! Él quería ver a su novia, yo no debí seguirlo, pero…

Un murmullo se desató entre los pacientes.

—¡Fue horrible! Antorchas y túnicas, flores, y fuego, matar, matar, muerte… tenía mucho miedo… pero se lo llevaron y yo… luego yo estaba en una camilla, ¡me traían hacia acá!

Los pacientes se miraban unos a otros, alterados, pero Estela intervino:

—Andy… según tu expediente… tú nunca has tenido un hermano.

—Se termina la sesión Estela —dijo la directora—. ¡Llévalo de regreso a su habitación!

***

Ana salió agotada de la terapia grupal, ansiosa por ver a su madre de nuevo.

No había tenido la oportunidad de hablar con ella desde la extraña conversación que habían tenido tras su salida del hospital.

—Mamá, ¿qué pasó? Yo sé que este no es el mejor momento para hablar, pero sabes que puedes contarme lo que quieras, somos como mejores amigas, ¿lo recuerdas? —le dijo Ana, conduciendo de regreso al pueblo.

—Sí mi amor, en este momento siento mucho dolor de cabeza y sigo algo conmocionada por lo acontecido, ¿me permitirías llegar a la casa para que hablemos mejor? —terminó esta frase dándole una extraña mirada a las calles. Ana supuso que era lo mejor, al fin y al cabo, en casa no necesitaba ser la respetada doctora y podía hablar con confianza.

Al llegar, Ana calentó una olla con agua para hacer un té; eso las calmaría a ambas y tal vez permitiría que la conversación fluyera mejor. Llevó a su madre a la habitación y le dijo que ya volvía.

—Espera Ana Paula —la detuvo su madre, y la doctora se detuvo. Así la llamaba sólo cuando algo importante, quizás algo malo, había pasado.

Ana volteó de inmediato, ¿algo más podía empeorar este día?

—Bianca es… una amiga —dijo lentamente, como si no quisiera hablar del tema—, dejamos de hablarnos hace mucho tiempo porque tomé un camino diferente al suyo, ¿cómo evitarlo? No quería que mi hija también estuviera inmersa en toda esa… ¡lo hice para protegerte! No puedo hablar de eso en este momento, quizás no quería hablar de esto nunca; lo único que puedo decirte, hija, es que si ella llamó es porque ya no estás tan a salvo como yo pensaba. Necesito que me prometas que te vas a cuidar, sobre todo en ese hospital en el que estás trabajando. San José de la Pradera no es solamente… ¡basta! Ahora mismo no puedo contarte todo, no me siento bien y tal vez tu mente cuadrada no logre entender la magnitud del asunto, pero debes prometerme que vas a estar pendiente de cualquier anormalidad que pase por tus ojos e incluso aquellas que… —hizo una pausa incómoda—, aquellas que presientas.

Ana asintió con la cabeza en silencio y fue a la cocina a traer el té para su madre. Por primera vez en mucho tiempo Ana tuvo miedo, miedo del exterior, miedo del futuro y, por alguna razón, miedo de su madre. Le llevó el té y la dejó dormir, pero ella no pudo cerrar los ojos esa noche. Decidió automedicarse y tomar un tranquilizante, sin embargo, supo que esa noche no se sentiría bien.

***

—Es muy extraño Anita, muy extraño. Primero lo vi a lo lejos y sentí una conexión intensa. Luego vuelvo a verlo y resulta ser un maldito poli. Imagínate. ¿Puedes creerlo? —Hanna continuaba absorta en el microscopio mientras se desahogaba un poco con su colega—. ¡Ana!, ¿sigues aquí? —el silencio seguía reinando en el laboratorio—, Ana… ANA PAULA —entonces Ana brincó de sopetón volviendo del letargo.

—¿Cómo me llamaste?

Hanna se rio.

—Lo siento linda, estabas ida y sabía que era una buena forma de traerte de vuelta.

—¡Perdona! Estaba pensando en mi madre. Además, sabes que el aroma de tu maravillosa plantita me hace dar vueltas la cabeza.

—¡Por Dios! Ana Paula Vélez —exclamó Hanna algo alterada mientras levantaba su cara del mesón y buscaba asirse a su compañera—. Te he dicho mil veces que mientras estés aquí y yo esté examinando a esta preciosa escarlata debes usar la mascarilla. Es por seguridad —le decía mientras le acercaba una mascarilla extra—; esta especie es un poco diferente. Entre más la estudio más me sorprendo. Su color, su textura, su olor, su magia, su poder… —Hanna se detuvo al ver que su amiga arrugaba la frente—. Está bien, sé que no crees en esas cosas.

—No es eso —dijo Ana mientras se ajustaba su mascarilla.

—Lo sé. Te preocupa tu madre, ¿cómo siguió? Deberías invitarme a conocerla uno de estos días. No puedo creer que todavía no la conozco.

—¡No ha sido su culpa! ¡Siempre que te invito a casa se enferma o algo! Doña Clara es algo… particular. Ya pronto la conocerás. Aunque ella sabe todo sobre ti. Le hablo mucho de ti.

—Gracias, me siento halagada, pero cuéntame, ¿ya sabes qué fue lo que sucedió? —Hanna se recostó sobre el mesón esperando la historia completa como niño al que le cuentan un cuento.

—No pensé que fuera nada raro al principio. Es algo que puede suceder a su edad y por su salud en general, pero ayer me dijo que todo fue por la llamada de una tal Bianca.

—Ahora entiendo por qué estás tan distraída.

Ana asintió con la cabeza.

—Dijo algo sobre el hospital. No fue clara… pero las cosas aquí también me confunden. ¿Recuerdas el ingreso de los pacientes que te mencioné, el del lápiz? Después de conocerlo un poco más no sé qué pensar. Lo incluimos en una intervención de grupo y habló sobre un grupo de personas que secuestraron a su hermano.

Otros pacientes empezaron a incomodarse y Miriam lo hizo callar. Después hablé con él y, por más que sea rebelde y agresivo, me parece que es un niño asustado. La historia clínica dice que no tiene hermanos y que sus padres no viven en el país, pero no hay números de contacto, correos, ¡nada! Y eso me lleva a preguntar, ¿qué hace aquí alguien tan convenientemente solo? ¿Cómo terminó aquí en primer lugar? Y, ¡claro! Para terminar, están los investigadores. Uno de ellos estuvo aquí y no lo dejaron entran, le exigieron una orden. ¿Por qué actúan como si el hospital tuviera algo que ocultar?

Hanna entrecerró los ojos.

—Sí. Escuché que solicitaron ingreso para hablar con algunos de los trabajadores, pero les fue negado el acceso.

—Espera… —Ana cayó en cuenta—. ¿No me dijiste que habías tenido una cita con un poli? ¿Es uno de ellos?

—Sí, así es. Te estaba hablando de eso cuando estabas en tu nebulosa. Irving y Herrera se acercaron a mi botica y me interrogaron acerca de un caso que están investigando. Tengo una cita con uno de ellos más tarde, con el guapo —Hanna guiñó un ojo.

Ana suspiró.

—Es muy extraño todo. El ambiente está tenso, más que de costumbre. Y con la fiesta de mascaradas encima…

—Hablaré con él y le pediré que me cuente más sobre su investigación.

En ese momento, la conversación fue interrumpida por Scarborough Fair de Simon & Garfunkel. Era el teléfono de Hanna.

La mujer se levantó y fue al pasillo a hablar con alguien. Pocos minutos después regresó algo decepcionada.

—Era Axel. El poli. Me dijo que no vamos a poder vernos. Está en la estación y algo muy extraño sucedió. Voy a verlo allá —dijo y se apresuró a guardar todo en cajones. Se quitó la bata y se dirigió a la puerta.

—¡Espera! ¿Qué pasó? ¿Está bien papá?

—¿Papá? ¿A quién te refieres? ¡Pensé que vivías sola con tu madre! Nunca me has hablado de tu padre.

—¡Pues claro que vivo sola con mi madre! Y mi papá es un cretino, por eso no hablo de él.

Hanna se detuvo, extrañada.

—Eres Ana Paula Vélez… ¿Eres hija de *ese* Vélez? ¿El jefe de policía Vélez es tu padre?

Ana se encogió de hombros.

11
La verdad
(Hanna / Ana / Estela)

Hanna irrumpió en la comisaría pasando por delante de un policía joven que custodiaba el portón del edificio.

—¡Señorita! ¿Puedo ayudarle?

El espacio se sentía pesado. Era la primera vez que sentía tal *fuerza* en ese lugar. Hanna recorrió rápidamente el edificio buscando a Axel cuando de pronto lo vio al fondo junto a un policía algo encorvado y mayor: Vélez.

Allí estaba su cita, de frente y con los brazos cruzados, nervioso como un niño perdido. Su cabello lacio y corto estaba peinado hacia un lado, su uniforme pulcro y elegante como aquella vez en la botica. Sus ojos tenían un brillo extraño.

—Axel, ¿qué pasó? —le preguntó Hanna.

—¡Señorita! ¡Salga de inmediato! —se apresuró a decirle el policía de la entrada—. Oficial Irving, esta mujer se atravesó y no pude detenerla.

Axel la miró y se ruborizó al instante. Le resultaba imposible disimular el efecto que la cercanía con la herborista causaba sobre su cuerpo.

—Tenía que venir a ver en persona. Además habíamos quedado para... conversar. ¿Recuerdas?

—Álvarez, descuide. Cité a la señorita para tratar un asunto —mintió Axel dirigiéndose al joven—. Córdova, regreso enseguida —le dijo al otro hombre, se dirigió la archivo y Hanna lo siguió.

—Algo sucede aquí, lo siento en este lugar. ¿Qué ha pasado? ¿Qué es esta...? —pero Hanna no lo dijo.

—Herrera está paralizado, perplejo. No responde. Se encuentra sentado junto al cuarto de interrogatorios. Pareciera estar en trance.

—¡Oh, Dios! ¿Fue tan grave?

—Sí. Le contaré desde el principio. Yo estaba en el centro, junto a la plaza de las flores tratando de indagar más acerca del caso, pero al parecer en este pueblo nadie quiere colaborar con la ley. Hablé con un par de lugareños sin lograr mucho avance. Mi compañero, Lucas, vino a la estación, pero estaba vacía. Hace un rato, un poco antes de que me comunicara con usted, Sáenz llamó y me informó que lo habían encontrado inmóvil en el sótano. Enseguida vine.

—¿Alguien atacó a tu compañero? ¿Quizás lo drogaron?

—*Algo* lo atacó, lo impactó —el rostro de Hanna palideció—. Ahora no responde. Es como si estuviera en coma, o bajo un hechizo.

—Llamaste a la persona correcta. Puedo ayudarlo. Tengo experiencia en estas cosas.

Llegaron al despacho.

Herrera se encontraba sentado de espaldas a la pared. Estaba erguido, con los ojos en blanco y su cuerpo pálido y rígido como si estuviese sin vida, sin embargo, respiraba. Había una especie de bruma que abrazaba el lugar. Se percibía la muerte danzando alrededor del policía y también... también...

Hanna recordó a Ana, frunció el ceño y se acercó a mirar de cerca la chaqueta de Herrera.

"Además, sabes que el aroma de tu maravillosa plantita me hace dar vueltas la cabeza," decía la voz de su amiga en su mente.

¿Era posible que...?

Pero el sutil aroma de las flores estaba impregnado en su ropa.

—¿Dónde estaba él? —preguntó Hanna, levantándose de golpe.

—Estaba… es información muy delicada… yo no puedo…

—¡AXEL!

El policía miró la puerta, inseguro, y se acercó a ella, para contarle, casi en un susurro:

—Hubo un asesinato violento en el sótano de la estación. Lucas fue el primero en descubrirlo.

Hanna se sentó en una silla. ¿Era posible que una de las suyas hubiera…? No… eso no podía ser… el olor denotaba que no habían sido utilizadas apropiadamente, que sus propiedades mágicas no habían sido parte de eso… olían como cuando estaban frescas y eran cortadas para estudiarlas, algo que no debería hacerse jamás sin pedir permiso a su elemental…

Se levantó y empezó a caminar de lado a lado. Axel la observaba, perplejo.

—¡La basura! —dijo de repente y bajó al primer piso.

—¡Disculpe! ¡No hemos terminado de limpiar la escena! —dijo Álvarez, uno de los policías, mientras Hanna abría la gran bolsa de basura y echaba un vistazo.

Sintió ganas de vomitar: había sangre y vísceras, pero también los restos de lo que alguna vez habían sido bellas flores, cortadas y mancilladas. Entonces lo entendió todo: la angustia de la madre de Ana, la parálisis del compañero de Axel, y el sombrío presentimiento atorado en su garganta.

Regresó al despacho.

—Tengo que volver al hospital. Debo hablar con Ana.

—¿Y Lucas? ¿Puedes ayudarlo? —preguntó Axel, preocupado.

—Sí. Sé lo que le pasó. Está paralizado porque respiró el aroma de las flores que estudio. Necesito traer un par de cosas de mi laboratorio. ¿Quieres acompañarme al hospital?

—Hace un par de días traté de ingresar con mi compañero y no nos dejaron —respondió él, aún algo molesto.

—No te preocupes. Puedes entrar si vienes conmigo.

***

Aparcaron en el parqueadero del hospital, salieron rápidamente y cruzaron hacia el vestíbulo. En la recepción se encontraba María, quien se alertó ante la presencia de Irving.

—Señor, no puede estar aquí.

—Viene conmigo María, es importante, déjanos pasar —repuso Hanna.

—Tenemos orden de la Sra. Miriam de no permitirle el acceso a estos hombres.

—Por favor ayúdeme con esto. Temo que un hombre pueda morir.

En ese momento Ana llegó al vestíbulo y al notar a su amiga corrió hacia ella. María se mantuvo callada y con una mirada de complicidad asintió ante el favor solicitado.

—¿Qué pasa Hanna? Recibí tu mensaje de texto y…

—Vamos al laboratorio. Es urgente.

Hanna tomó a Axel del brazo y lo arrastró en dirección al laboratorio, ignorando todo a su paso mientras Ana la seguía de cerca.

—Escúchame, creo que sé por qué tu mamá está asustada —dijo mientras abría la puerta del laboratorio de un empujón—. ¡Dame la botella verde y la amarilla! —le pidió a Axel—. Estas dos preparaciones mías serán suficientes para dejar a tu compañero como nuevo.

—¿La amarilla no es la que me diste cuando respiré el aroma de la flor cortada sin mascarilla y se me entumecieron las piernas? —preguntó Hanna, extrañada.

—¡La misma!

Ana la miró de repente.

—¿Por qué está asustada mi madre? ¿Cómo…?

Hanna respiró profundo:

—Está nerviosa porque hay un asesino que quiere acabar con todas nosotras.

Ana frunció el ceño.

—¿Con las doctoras? ¿A qué te refieres?

—No con las doctoras, ¡ANA PAULA! Yo… ¡debes hablar con tu madre! ¡No es mi lugar! ¡Hablaré contigo mañana después de que hables con ella!

***

Ana bajó las escaleras hasta el parqueadero y llamó a su madre con temor.

Necesitaba respuestas, necesitaba entender y encajar todo esto que no parecía tener forma.

¡Ring! ¡Ring!

Y otra vez…

¡Ring! ¡Ring!

Pero Clara no contestó y aunque, Ana no solía ser impulsiva, su mamá era su lugar favorito y también su punto de quiebre. Decidida a ver qué estaba pasando se subió a su auto y partió hacia su casa, sintiéndose tan tensa que su espalda podría partirse.

—Clara, ¿dónde estás? Oye, lo menos que necesito hoy es que te me pierdas. Mi corazón no da para tanto, definitivamente acabo de comprobar que sí tengo un corazón —suplicó Ana al llegar a la casa, incapaz de aguantar más y a punto de un colapso.

—Hola hija, ¿sí recuerdas que soy tu madre? Sólo en caso de que tengas mala memoria y éstos treinta años de vida compartidos no sean suficientes para que me llames mamá, sólo así podrías llamarme Clara, ¿estamos?

Ana corrió a abrazarla y justo en ese momento cayó frente a ella, débil por tanta presión:

—Mi ángel, ¿qué pasa?

—¡Tenemos que hablar! ¡Por favor! ¡No más secretos!

La anciana suspiró profundo.

—Ven, vamos a mi habitación, quiero mostrarte algo —dijo Clara, en ese tono en el que sólo las mamás saben hablar, de esa manera en la que pueden calmar a los hijos, aunque ellas mueran por dentro. Ana sabía que su madre se sentía justo así: muriendo al verse obligada a revelar una verdad que nunca tendría que haber revelado si no fuera por las circunstancias.

Ana se secó las lágrimas mientras la seguía.

Clara tomó una caja que tenía escondida en su armario y la abrió. Sacó una foto en la que había tres personas. Clara lucía joven y feliz, tenía una sonrisa de oreja a oreja y miraba con todo el amor que podía a una niña que cargaba en sus brazos. A su lado había un hombre con rasgos muy diferentes, parecía indígena y le recordaba a alguien, pero en este momento no sabía a quién.

Su madre se quedó contemplando la imagen una vez más antes de poder hablar, soltó una lagrima y volteó a ver a Ana.

—Pensé que nunca tendría que contarte esto, pensé que se había quedado en aquel lugar porque allá también dejé mi corazón y cuando naciste sentí que la vida me dio otra oportunidad —la voz le temblaba, en los ojos tenía más lágrimas estacionadas y nuevamente miró a su hija—, pero la vida otra vez me pone en la misma situación y ahora no puedo hacer caso omiso.

"Antes de ti y tu padre tuve una familia, otra familia… mi vida entera eran ellos, me habían dado un lugar al cual pertenecer fuera de *Lesbruixes,* fui eternamente feliz hasta que recibí la llamada de Bianca: siempre ella. Y tuve que partir dejando a mi pequeña con mi amor, por su seguridad tuve que cortar todo vínculo, ni siquiera me pude despedir de ella. Mi amor se llamaba Balam Bej, nunca podría olvidarlo. Él me entendió, teníamos ese tipo de conexión que sólo se consigue una vez y que las consigues justo cuando no las estás buscando. Él pertenecía a una tribu indígena de otro país y vino aquí por una misión, llegamos al mismo lugar y coincidimos. Nuestra vida perfecta se nubló por esa llamada… justo igual que ahora."

Ana tenía demasiadas preguntas, pero prefirió guardar silencio.

—Al irme le dije a Balam que, si algo llegase a pasar con nuestra hija, la enviaría a mi pueblo natal, pero que no le mencionara que yo estaría acá y yo me ocuparía de ella de una u otra manera. Así que, al cabo de unos años, luego de tenerte y que ya hasta te habías graduado de la universidad, recibí otra llamada, pero ésta era de él. Me dijo que ella vendría, me dijo que ella había decidido cambiar el nombre que le escogimos de pequeña para mantener en privado de dónde venía. Y tú la conoces hija, la conoces tanto que al ver cómo hablas de ella, he podido notar cuan real es la conexión entre hermanas.

—¿De quién hablas? —Ana volvió a observar la foto, trató de buscar esos rasgos en alguien cercano y sólo recordó alguien que podría parecerse… ¿era…?

—El nombre que ella decidió ponerse fue Hanna y es tu compañera del Hospital —soltó Clara, y Ana tuvo que sentarse.

—¿Hanna también es tu hija?

Clara asintió. Esta revelación era demasiado, pero no terminaba de aclarar las cosas: ¿quién era Bianca y por qué su madre debía obedecerla?

Aquella noticia la dejaba sin palabras: su mejor amiga era en realidad su hermana perdida que no sabía que había perdido. ¿Por qué su madre se lo había ocultado por tanto tiempo? ¿Por qué Hanna ocultaba su verdadera identidad? ¿Quiénes eran todas estas personas en realidad?

—Necesito que traigas a Hanna y que hablemos las tres. No le digas nada hasta que ella esté acá y no le cuentes a nadie sobre esto. Quiero contarles lo que Bianca me dijo. Ya sé lo que pasó en la estación de tu padre… los que nos han puesto en peligro son un grupo grande, no solamente en número, sino también en poder, y por eso sé que saben todos nuestros movimientos. Debes actuar como si no supieras nada. Tienes que ser la psiquiatra Ana Paula Vélez, que vive en la oscuridad e ignora la verdad.

***

Cada pasillo del hospital parecía un universo independiente: unos inundados de ruido ensordecedor y otros de un silencio sepulcral. Los zapatos de los trabajadores, gritos o risas extrañas de pacientes, movimiento, el sonido de un reloj de pared…

Estela sigue haciendo su trabajo.

"Que mierda de día, no pudo salir peor y ahora siento que no puedo tener peor relación con Miriam. ¡Lo único que me faltaba!" piensa Estela. Quisiera salir de allí, tomarse una copa de vino o un calmante, pero apenas es hora de almuerzo.

Decide salir a almorzar afuera del hospital para despejar su mente. Se quita la bata y atraviesa cada *universo* del hospital hasta llegar a la recepción donde no puede evitar ver a Hanna seguida por un tipo. La saluda, pero ella no responde. Parece distraída.

Estela se detiene para mirar el rostro del tipo: es el policía que días atrás había venido al hospital y a quien Miriam había negado rotundamente el acceso. Apresura el paso y se aleja.

"¿Un policía? Espero que no venga por mí. No necesito más problemas el día de hoy".

Estela camina por la carretera hasta llegar a un pequeño restaurante típico, saluda a la dueña y se sienta en el patio interior de la casa en busca de tranquilidad. Pide el plato del día y mientras espera, nota un dolor de cabeza punzante que ha estado allí toda la semana. Piensa nuevamente en beber.

Estela saca su teléfono y llama a Francesca. Es lo que suele hacer cuando siente deseos de recaer en la bebida.

—Aló.

—Hola, ¿cómo estás?

—Bien, bien, acá en casa alistando las cosas para unas sesiones que tengo más tarde, ¿y tú?

—Estoy desesperada. Tengo ganas de beber.

Hay un breve silencio.

—¿Por qué crees que lo deseas tanto ahora?

—¡Ha sido un día de mierda! Hay un paciente nuevo que me ha traído varios problemas; Miriam me dice entre líneas que soy incompetente y otra vez tocó encerrar a los pacientes por culpa de ese…

—¿Qué pasa con ese nuevo paciente?

La dueña del negocio llega con la sopa de mute.

—El día que llegó se perforó una mano en la recepción del hospital y nos tocó sedarlo. Decidí darle una oportunidad y unirlo a una terapia grupal. Es un muchacho problema y a veces solo necesitan compañía… pero empezó a decir unas locuras y alteró a los demás pacientes. Uno de ellos empezó a gritar, otras dos se carcajearon… nos tocó sedarlo y encerrar a todos.

—Pero esas cosas son comunes en tu trabajo, ¿cuál es el problema?

La voz de Estela se tornó en un susurro:

—El muchacho habló de encapuchados, de fuego y flores… ¿qué tal si él tiene razón y su hermano sí existe? ¿Es posible que nuestro hospital…?

Francesca se quedó en silencio.

—Me intriga el asunto. Lo siento, debo colgar. Acabo de ocuparme. Después hablamos —dijo con tono severo.

—¡No me cuelgues, Francesca! ¿Qué pasa?

Pero su amiga ya había colgado.

12
Tres pérdidas
(Estela / Charlotte)

Caminando firme sobre en empedrado, Estela va decidida a buscar a Francesca a su casa, resoplando y manoteando, repasando una y otra vez la conversación que tuvieron por teléfono en la tarde, esperando que se encuentre libre para atenderla, después de todo Francesca es obstinada y decidida, no dudará en ponerle un alto a Estela tan pronto sienta que está siendo grosera. La niebla característica del pueblo se difumina con el atardecer.

Estela toca la puerta de Francesca, un poco más tranquila.

—¿Cómo estás? Sigue —dice Francesca sin siquiera preguntar o ver quién toca su puerta.

—¿No te parece peligroso abrirle a cualquiera? —dice Estela cerrando la puerta tras de ella.

—¿A qué te refieres? ¿A abrirte la puerta a ti? Nene, a ti te huelo y te siento a metros.

Francesca va a la cocina y sirve una copa de vino, se sienta en el comedor a beberla sin presentar ningún índice de cortesía en ofrecer una a Estela.

—Siéntate, cuéntame qué te agobia.

—La verdad me agobia el olor a matas que hay en tu casa, al caer el sol se agudiza mucho. Me marea un poco, comenta Estela dirigiéndose al estante de la cocina para servirse un vaso con agua.

—Bueno, obviando la queja habitual sobre mi casa que no creo que hayas venido hasta aquí a hacer… cuéntame qué te agobia —Francesca da un sorbo a su copa de vino.

Estela se sienta frente a Francesca y se toca la cabeza, dispuesta a empezar el interrogatorio a su amiga.

—Si sabes tanto, ¿por qué me preguntas a qué vine?

—Quieres hablar del hospital, ¿o no?

—Si —apoya el codo en la mesa y la cara en su mano—. ¿Me ayudas?

Francesca sigue evitando la mirada de estela y dirige la mirada al armario de sus "atuendos de noche".

—¿Quieres que hablemos del vasallaje? Si no estoy mal, fue lo que te molestó de la llamada de esta tarde.

—Eh, no. Quiero saber qué sabes sobre los pacientes.

—Me gustaría, de verdad que me gustaría tener la respuesta que buscas, pero no es así —da otro sorbo a la copa de vino—. Tus inquietudes me dieron mucho en qué pensar, eso es todo.

—¿Qué te han hecho pensar? ¡Y mírame por favor! —toma un sorbo de agua.

Francesca mira a Estela, moja su dedo con vino y frotando su dedo en la orilla de la copa, responde:

—No sé qué es lo que está pasando en el hospital, te lo juro, pero tengo una sensación horrible que recorre mi cuerpo cada vez que lo veo. Si te interesa tanto saber lo que pasa con ese paciente, soluciona, ayúdalo si eso te hace sentir mejor. Conócelo un poco más y así sabrás si es verdad o no lo que él dice. También tengo mucho qué pensar —Francesca da el ultimo sorbo de vino y se levanta a lavar la copa—. Me eligieron para ser maestra de ceremonias en la *Festa de Mascarades* de la Luna Azul. Sé lo que hacen, lo percibí la primera vez que entré a la mansión, no serían la primera agrupación que lo hace, pero hay algo que me inquieta sobre el tipo de magia que manejan. Irás conmigo, ¿verdad? Preferiría tener con quién regresar a casa esa noche.

—Claro que sí, siempre —dice Estela, se levanta y abraza a Francesca—. Creo que me voy. Deberíamos tener estas conversaciones fuera de tu casa. Siempre me siento aletargada.

Estela la besa y sale de casa de Francesca.

✳✳✳

Charlotte estaba en el patio del hospedaje de Marshi con la mirada perdida en la nada. Lidiar con la pérdida de un ser querido nunca es fácil, pero lo que Charlotte había tenido que vivir en los últimos días estaba más allá de lo que cualquiera podría soportar.

Primero, había encontrado a su madre muerta en el suelo de su casa, desnuda y cubierta de moretones. El reporte policial decía que su madre la había asesinado golpeándola con una roca de rio. Esa mañana, él mismo se había entregado a las autoridades. Charlotte no podía creer que su padre, un hombre bueno y noble, gentil y cariñoso hubiera hecho algo tan horrible, pero nadie podía negarlo: él mismo había confesado todo al jefe de policía Vélez.

Pero la tragedia, tan horrible como era, no terminaba ahí. Su padre, detenido en la estación de policía, había sido asesinado por alguien más en su propia celda. Lo habían cortado como a una lechona y desparramado sus entrañas por las paredes. Aunque su padre hubiera hecho lo que hizo, la tortura a la que lo habían sometido en sus últimos momentos era demasiado. El corazón de Charlotte se retorcía de imaginar el placer vengativo con el que alguien había masacrado a su padre con tal brutalidad.

Aún no podía aceptar y mucho menos procesar dentro de su cabeza lo que había sucedido. Intentaba pasar tanto tiempo como pudiera con Marshi, su abuelita. Lloraban y rezaban juntas durante largas horas, intentando sacar el dolor de sus almas, tratando de entender por qué la muerte había llegado de esa forma a sus vidas.

Y una desgracia más estaba pasando, una más silenciosa pero que Charlotte percibía cada día, a cada momento: estaba perdiendo a Noah, su esposo.

Una mañana, Marshi los había enviado a traerle algo.

—Charlotte, ve a comprar árbol de tilo. Soy un manojo de nervios y necesito calmarme. Voy a preparar para todos.

Charlotte y Noah habían salido a la botica de Hanna.

—¡Hola Hanna! Venimos buscando árbol de tilo —dijo Charlotte con una sonrisa, pero Noah hizo algo más que sonreír al ver aquella mujer morena con ojos rasgados y anteojos; sus ojos desplegaban sensualidad, sus labios brillantes parecían caramelo y su vestido marcaba sus finas caderas.

Charlotte sintió al instante el deseo de su marido: era como si quisiera saltar sobre Hanna y devorarla. ¿Qué le pasaba?

Arqueó una ceja y carraspeó. El hombre la volteó a mirar, fingiendo inocencia.

Hanna regresó con la botella de árbol de tilo.

Charlotte no supo si creerle. Noah parecía perdido en ella.

Su sonrisa parecía inusualmente coqueta y en el camino de regreso no intercambiaron palabra. Llegaron nuevamente al hotel y Noah subió al cuarto a ducharse.

Charlotte buscó a su abuela, quien ya estaba calentando algunas hierbas en agua en su olla de barro; solo esperaba la esencia del árbol de tilo.

Sin poder contener la ira, Charlotte le dio el encargo a su abuela y salió al patio. Noah nunca le había puesto los ojos encima a otra mujer. Jamás la había hecho sentir insegura, pero sentía que su esposo estaba cambiando: pasaba todo el tiempo en silencio, parecía tenso todo el tiempo, miraba su teléfono con aprehensión, y se sobresaltaba con facilidad. Era como si ya no quisiera estar a su lado.

Lo de Hanna había sido un golpe bajo. Charlotte apretó con furia el relicario en su cuello y lo pensó varias veces antes de tomar el pequeño recipiente en forma de corazón y abrir la tapa para verter el líquido rojo en sus labios. Charlotte esbozó una sonrisa mientras murmuraba:

—¡Me perteneces! ¡Sí que me perteneces!

Noah salía de la ducha del cuarto libre que Marshi les había dejado, cuando Charlotte se abalanzó sobre él.

Charlotte abrazó su torso desnudo y lo besó apasionadamente, empujándolo contra la pared. El hombre pareció confundido. Charlotte tomó la mano de su esposo y la dirigió a sus bragas, dejándolo sentir lo húmedo en las yemas de sus dedos. Noah accedió a los deseos de su esposa y la besó por todas partes.

Fue como encender una hoguera. Se hicieron uno solo entre gemidos y sollozos; Charlotte en un éxtasis de amor sentía la sangre galopando por sus venas, en sudoroso jadeo, solo pensaba que Noah tenía que ser solo suyo en cuerpo, alma y mente.

Pero sabía lo que Noah estaba pensando, sabía que él no paraba de recordar y desear la piel tersa y morena de Hanna, que imaginaba cabalgar su cuerpo, hacerla temblar a ella, llenarla completamente a ella y probar ese néctar prohibido; sentía el fuego de Noah ardiendo, estaba agitado, dejándose llevar por el instinto y por sus profundas fantasías, desplegando los demonios que tenía guardados en su ser. Mientras Charlotte llegaba a su punto máximo de excitación, declarando en su cabeza que él era suyo, que le pertenecía y que siempre le pertenecería, una parte de ella le decía otra verdad: que ya lo había perdido, igual que a su madre y a su padre.

Su sangre hervía ante esa idea.

13
Redención
(Karina / Lauren)

—Un paciente no puede esfumarse de la nada en un sitio con tanta seguridad. Mucho menos un paciente tan… especial. Así que, ¿pueden dejar de echarse la culpa unas a otras y explicarme qué pasó?

La voz de Miriam resuena en el pecho de Karina y de las dos enfermeras que estuvieron de turno junto a ella el día en que el paciente desapareció.

Están sobrecogidas por la imponencia de la mujer, cuyo hablar es sereno como el cielo nocturno, sin nube alguna a la vista, pero cuya mirada es como un relámpago atravesando la oscuridad y helando la sangre de cada una de sus interlocutoras. Las dos chicas tienen cristales colgados en sus cuellos y Karina puede jurar que titilan levemente con las variaciones imponentes del disonante reclamo que están recibiendo. Nadie se atreve a hablar. El timbre de un celular hace que la tensión aumente. Miriam levanta una ceja mientras Karina saca su teléfono con manos temblorosas y desvía la llamada. Mira de vuelta a Miriam con cierta reserva y dice:

—¡Es hora! —baja la mirada lentamente, intimidada, y espera aprobación para proceder.

Miriam hace un gesto con la cabeza y las otras dos chicas, apuradas, entran por la puerta que Karina abre ante ellas. Los mismos caminos que había recorrido antes se abren ante el grupo.

Los túneles están más iluminados que de costumbre, pero con o sin luz, con o sin flores en las paredes, Karina odia estos pasillos oscuros húmedos y fríos. No entiende por qué sus reuniones tienen que hacerse en esas condiciones. Miriam es prácticamente la dueña del pueblo y sus alrededores; podría practicar sus ritos arcaicos en la plaza central, a plena luz del día, y nadie le diría absolutamente nada.

—¡Miriam! —la voz de Lauren interrumpe súbitamente su hilo de pensamiento y, segundos después, la marcha del grupo. Las otras dos chicas se detienen dubitativas, pero Karina mira a Lauren con recelo y les hace un gesto a sus compañeras para que continúen caminando.

***

Lauren se acerca presurosa a Miriam mientras su séquito se aleja. Entre ellas, reconoce a la chica en el pueblo que se dirigió de forma despectiva a la *quemada* y no puede esconder el rencor en su mirada. Se recompone rápidamente. Con cada paso, yergue más su figura y arregla disimuladamente arrugas imaginarias en su falda. Cualquiera creería, al verla, que no podría tener mejor porte y presencia, pero, contra todo pronóstico, se fuerza con éxito a tenerlo frente a su superior.

—Bianca se niega a venir y, siendo honesta, yo tampoco quería participar de este circo.

Miriam le lanza una mirada de reproche. ¡Dios! Esa mujer no necesita emitir un solo sonido para comunicar lo que quiere decir. Lauren se detiene un poco en seco y toma aire lo más disimuladamente que puede, baja la mirada y la posa en el prendedor de la blusa de Miriam para no encontrarse con sus ojos. Es el mismo hábito que tiene desde que estaba pequeña y Miriam usa exactamente el mismo prendedor: una flor roja encerrada en una esfera de resina, cobijada por un pequeño marco metálico dorado. Parece casi un mal chiste que un objeto tan pequeño le confiera a una persona total y completa autoridad para decidir sobre todo el pueblo, sobre todos sus habitantes: pacientes y pobladores, *mundanos* y brujas.

No hay más conversación al respecto. Miriam retoma su marcha como si no hubiera tenido interrupción en absoluto y Lauren iguala sus pasos para caminar junto a ella. Entran a la sala de piedra. Siente el calor de tres antorchas encendidas en cada pared, un candelabro en el centro de la mesa y una lámpara que alguien olvidó. Las sillas de madera ahora están ocupadas por hombres y mujeres de edades y apariencias disparejas. Miriam se dirige a la cabecera, diferenciada claramente por una silla forrada en roja y adornada con herrajes dorados que desentona completamente con el ambiente.

El silencio se apodera de la habitación a medida que la imponente mujer se sienta.

—Todos saben por qué estamos aquí, ¿verdad?

—Pues nos reúne más de una razón, mi señora —le dice Norberto, un hombre viejo y delgado, pero con buen porte y talante—. ¿Qué hace la policía husmeando en nuestro territorio? Han estado haciendo preguntas por todas partes. Creí que estábamos a salvo.

—Me estoy encargando de ello. Todo esto no es más que un malentendido —responde Miriam, conteniendo su indignación.

—¿Malentendido? ¿Qué acaso no están buscando precisamente al muchacho que… *elegiste*? —dice una mujer mayor con una pausa acentuada en esa última palabra.

Lauren negó con la cabeza. Ser elegido por Miriam significaba terminar encerrado en un calabozo esperando para ser sacrificado en pocas horas, bajo la Luna Azul.

—Entiendo sus preocupaciones, hermanos y hermanas, pero les aseguro que todo está bajo control. El jefe de policía Vélez ha mantenido ocupados a esos forasteros en la estación para que no hagan preguntas. Después de varias semanas es seguro afirmar que ya no son una amenaza. Yo, personalmente, me encargaré de esclarecer esta situación ante el gobierno, como siempre, para que los transfieran a otro lado. Ahora, nuestro siguiente punto, mucho más importante, el *ritual de renovación*. La fiesta se llevará a cabo tal y como se ha venido planeando. *El equilibrio* lo demanda y no podemos esperar más. La balanza está inclinada hacia el caos y tenemos que arreglarlo. El ritual con el chico iba a darnos una pequeña ventaja, pero ahora tendremos que apresurar las cosas. Por el momento, queda suspendido cualquier encantamiento no esencial hasta que lo encontremos.

Los murmullos inundan la sala hasta convertirse en quejas.

—¿Por qué tenemos que pagar nosotros por *sus* errores?

—El paciente estaba bajo tu cuidado. ¿No es apenas natural y justo que tú asumas la responsabilidad con todo lo que ello implica?

Miriam respira hondo y justo cuando está a punto de hablar, un hombre joven entra apresurado, no se disculpa, ignora al resto de personas que están en la sala.

—¡Señora! ¡Venga conmigo! ¡Por favor! ¡Mi jefe la requiere! —Miriam lo mira extrañada.

—Estamos en una reunión importante, iré en cuanto aca…

—¡Es urgente! —insiste el joven, nervioso.

—¡Muchacho insolente! —replica Miriam con toda su paciencia colmada.

—¡Son los Redentores! ¡Los Redentores ya están aquí!

La habitación sucumbe al pánico y los se transforman en gritos ahogados, preocupación y miedo. La comunidad lo entiende: los hechizos que antes querían por capricho, ahora los necesitan por protección, pero la situación no ha cambiado, el déficit de poder no se ha ido a ninguna parte. Ahora es el chico o ellos. Lauren se muerde el labio, aterrada, no sabe que pensar. La última vez que escuchó ese nombre fue cuando alguien trató de explicarle qué había pasado con sus padres y, hasta donde ella sabía, este grupo no volvería a ser una amenaza nunca más después de un viejo tratado.

La joven se obliga a centrarse y empieza a caminar rápidamente hacia la entrada.

—¿A dónde crees que vas, *niña?* —le dice Miriam tomándola del brazo de manera firme.

—¡Tengo que encontrar a Vicky! —responde Lauren mientras trata de zafarse de su agarre casi sin emoción, con la voz un poco entumecida.

—¿Acaso no escuchaste? Si lo que el muchacho dice es cierto, no es seguro allá afuera —sus dedos casi se incrustan en la piel de Lauren.

—¡Precisamente por eso! ¡Tengo que traer a Vicky! —responde Lauren con incredulidad. Intenta liberarse con más fuerza que antes, la suficiente para mover a Miriam de su perfecta y firme postura, pero no para soltarse.

—Victoria es un caso perdido y lo sabes. ¡No puedes arriesgar tu vida y arriesgarlo todo por una *quemada*!

Lauren la mira con un odio que jamás creyó poder imprimir en una mirada y hala su brazo bruscamente. La reacción inesperada de la joven hace que Miriam se tambalee un poco y casi caiga de vuelta a su silla. Lauren emprende su marcha furibunda y sin mirar atrás. Miriam la mira con un enojo creciente cuyas brasas se alimentan del caos que ahora reina alrededor de la mesa.

14
Martin no está
(Martin / Lauren / Karina)

El sopor y la confusión no se marchan de la mente de Martin. Sus sienes palpitan dolorosamente al ritmo de las gotas de lluvia que caen sobre el lodoso suelo. Durante varios días no comió nada de lo que le dejaron las enfermeras y ahora está pagando las consecuencias: su mente no funciona como debería, y apenas recuerda su trayecto por el interior de la cueva. Está desorientado y asustado.

¿Es posible que Lauren lo haya dejado escapar? No… quizás ella le hubiera dado alguna indicación, alguna nota o algo. No sabe dónde está y tampoco está seguro de no haber recorrido este túnel antes: todos los malditos túneles son iguales, lo único diferente es el número de antorchas y los pictogramas en las paredes. ¿Son dibujos mayas o aztecas?

Llega a un pequeño recuadro en el que puede continuar hacia adelante o ir hacia la derecha. ¿Cómo saber cuál es la elección correcta?

Pero, de alguna manera, su cuerpo elige el camino automáticamente mientras su mente intenta recordar.

Aquella tarde, mientras dormía, alguien apareció a su lado. Escuchaba ecos y crujidos. Al principio no sabía si el ruido era parte de sus delirios.

"¡Espera! ¿Alguien está masticando?" pensó, y abrió los ojos lentamente, guiado por la curiosidad y el miedo y, cuando logró ver algo, terminó por arrastrarse rápidamente contra la pared con la mirada fija y sin dejar salir un solo murmullo de su boca. Frente a él había una mujer con el cabello hasta la cintura, rodeando su rostro y sus hombros. Su uniforme de enfermera tenía una mancha negra.

—¿Qué…?

La mujer actuaba como si él no estuviera ahí. Se estaba comiendo su almuerzo. Su sistema digestivo gruñó furioso y el hambre le apuñaló la boca del estómago. No había comido en días y esta enfermera, casi como un acto de venganza contra él, se estaba comiendo su almuerzo. Ya había engullido más de la mitad de un sandwich y casi todas las papas fritas.

—¡Oiga! —No hubo reacción alguna—. ¡Ey!

Martin tomó una pequeña piedra que se sentía lisa al tacto, por lo que jugó un poco con ella. La textura era agradable y logró distraerlo un instante, antes de que la realidad lo golpeara de nuevo. Miró dubitativo y la lanzó al suelo, cerca de la joven, que se exaltó y se agazapó contra el rincón más alejado de Martín a una velocidad que este no creía posible. Sus ojos, abiertos como platos, estaban fijos en él, pero este sintió que no lo estaban mirando, que su mente estaba en algún otro lugar.

Pasaron un par de segundos más y la mujer se levantó y dijo, con una timidez que parecía inadecuada para su posición de verduga.

—Lo siento, pero tengo hambre y ya no necesitas este almuerzo. La puerta queda abierta.

Y se alejó sin más. La impresión del momento evitó que Martin notara que la enfermera había dejado un par de flores rojas a su lado. Las pastillas estaban en su lugar, pero la extraña mujer había volcado el vaso con agua. Martin procedió a tomar un par, de a una, y estas dejaron un rastro amargo y ardiente en su boca y garganta. De fondo sonaban los pasos de la mujer alejándose con su sándwich y él supo que la seguiría por el misterioso sistema de cuevas, hasta el hospital, o hasta donde fuera que se dirigiera...

Pero Martin perdió el rastro rápidamente. Ahora se siente mareado y camina como un autómata, como si no controlara su propio cuerpo, como si sus pies lo estuvieran llevando a alguna parte, por su propia cuenta.

***

Lauren camina de prisa por las calles del pueblo mirando de un lado al otro. Las macetas rotas en las aceras y las flores rasgadas y desperdigadas en las calles le daban una impresión de desolación y abandono aún más profundo. El rojo intenso de las flores y la tensión del momento hicieron que Lauren pensara en calles llenas de sangre… que pensara en *aquel día*. Su pánico aumentó. Quisiera detenerse a preguntarle a alguien qué está pasando, pero en su mente solo hay un pensamiento fijo, una urgencia.

—¡VICTORIA! —grita sin esperanzas.

¿Cómo va a convencerla de irse con ella? ¿Dónde va a esconderla? Las cuevas probablemente no son una opción, pues necesita tenerla vigilada y a salvo. ¿Y si se pierde? Además, ¿qué consecuencias tendrá que enfrentar por protegerla y resguardarla?

Bueno, eso lo pensará después. Primero tiene que encontrarla con vida.

En su apresurada marcha, no logra ver a su hermana por ninguna parte, pero a lo lejos ve a otra *quemada* que llama de inmediato su atención. La mujer está sentada contra la pared, desnuda y con una marca de pigmento rojo en la mitad de su frente. Lauren se acerca a la mujer, aún más alarmada y trata de observarla detalladamente, pero esta se sobresalta y se aleja. Lo que tiene en su frente no es pigmento… es sangre, pero la mujer está intacta. Lauren se reincorpora en medio del pánico y empieza a caminar más rápido, conteniendo las lágrimas y llamando:

—¡VICKY! ¡POR FAVOR! —grita en la medida en la que el nudo en su garganta se lo permite. Lauren escucha conversaciones incompletas a las que no presta atención.

—¿QUIÉN PUDO HACER ESTO?

—¿Qué está pasando?

—¿Cómo es que nadie vio nada?

Hay personas saliendo con maletas a la calle, decididas a dejar el pueblo atrás. De la calma que reinaba hace poco, no queda más que el recuerdo. Muchos miran a la aprendiz de Miriam con una mirada alarmada e inquisitiva, en busca de respuestas, aunque nadie se atreve a acercarse. Para ella el mundo ya no existe y le reza a lo que sea que la esté escuchando para que ese no sea el final de su hermana.

—¿Una espada dibujada en el colegio del pueblo? ¿De qué está hablando?

—¡SÍ! Es muy grande. Y yo creo que está dibujada con… —mira a ambos lados antes de continuar, como si ya no hubieran estado hablando lo suficientemente fuerte—. La sangre de alguien —repite en un susurro.

Lauren se detiene por un momento. Ese maldito símbolo fue lo último que vio en la puerta de su casa antes de perder a Victoria, antes de la muerte de sus padres, antes de que todo cambiara para siempre.

***

Karina aguarda a la noche que lo cambiará todo, de pie, en la puerta de la oficina de Miriam mientras su jefa habla por teléfono sin poder ocultar su furia y frustración. Tiene la mano libre apretada en un puño, roja por la fuerza que está aplicando. Sus uñas, visiblemente clavadas en la palma, ya empezaron a herirla y a causar que pequeñas gotas de sangre se asomen sobre su piel. Está parada junto a su escritorio, inmóvil y erguida mientras escucha un discurso al que no puede prestar atención.

—Teníamos un trato, Gutiérrez —dice la mujer, claramente disgustada—. Las cosas siempre han funcionado así y he cumplido al pie de la letra con el trato. ¿Qué es lo que quiere? ¿Más dinero? ¿Más favores?

Karina aguza el oído para escuchar la respuesta de esa persona:

—No quiero nada de usted ni de su grupo de condenados, Miriam. Llegó la hora de que las cosas cambien, de un mundo más puro y no hay nada que puedan hacer al respecto. Son órdenes de arriba.

—¿Ustedes son estúpidos? ¡Aquí todos vamos a salir perdiendo si empiezan con esas mojigaterías ahora!

Hay un silencio.

—No puedo hacer nada.

Y Miriam cuelga. Karina cree ver a su jefa sonreír, pero sabe que eso no es posible: la auténtica reina de este pueblo acaba de ser desahuciada a pesar de sus décadas de poder e influencia. Tampoco consiguió protección policial ni militar, todos sus contactos políticos le dieron la espalda y, ¿los empresarios? ¡Ellos ni siquiera entienden nada de nada!

Karina suspiró y entró a la oficina:

—¿No sería mejor si se cancelara la fiesta?

La mujer, ya irritada, responde fuera de sí:

—¿Qué clase de estupidez estás diciendo? ¡ESA FIESTA ES LO ÚNICO QUE NOS QUEDA! ¿Cómo más podemos acumular poder? ¡No puedo creer que tenga por hija a una persona tan idiota!

Karina apenas recordaba la última vez que Miriam se había referido a ella como su hija. La confusión, la preocupación y el miedo tiñen su rostro, pero siente una amarga alegría.

—Entiendo —dije, sin ganas de alterar más a su madre.

Si Miriam está perdiendo el control de esta manera, el peligro es más grande de lo que puede imaginarse. Las dudas comienzan a asaltarla. ¿Habrá obrado bien? ¿Cometió un grave error? ¿Es todo esto su culpa? Los pensamientos brotan en su cabeza como manantial fresco hasta que el eco furibundo de la voz de Miriam la devuelve a la realidad.

—Los invitados ya están aquí. A partir de este momento, NADIE sale y nadie entra al recinto. Ni un solo invitado puede tener la mínima sospecha de lo que está pasando en el pueblo. Preferiblemente, el staff tampoco debe saberlo. Ahora mismo, el pueblo y la mansión tienen que ser mundos separados.

—Co… ¿cómo puedo justificar estas órdenes?

—¡Ellos no van a cuestionarme! No entiendo por qué lo estás haciendo *tú* —finaliza haciendo énfasis en el *tú*. Lo dice de forma tan despectiva que Karina se siente diminuta, minúscula en el mundo.

Karina se levanta en silencio y se dirige a su escritorio. El tiempo no parece alcanzarle para tantos preparativos y cosas por hacer. La vorágine se siente en el aire. El hospital es como un limbo en el que se siente una tensa calma. El desastre aún no llega a los pasillos del lugar, pero todo huele a caos y miedo, aunque no le sorprendería que fuese ella misma quien desprende ese olor, pues acaba de tomar una decisión que podría destruir el mundo entero.

***

Victoria no aparece. Lauren no sabe qué hacer. Se aproxima a una de las entradas más cercanas al complejo subterráneo y desciende hacia los túneles que conectan todos los edificios importantes del pueblo. El silencio sombrío que la acompaña en estas paredes solo se rompe por el sonido de sus tacones. Nota por primera vez cuánto le duelen los pies de tanto caminar con esos zapatos, lo mucho que ha sudado y que tiene el gaznate tan seco como si hubiera comido piedras. El peligro se siente cada vez más real. ¿En qué momento ocurrió todo esto? Su mundo empezó a desmoronarse demasiado tan rápido… otra vez…

Se rinde y decide quitarse los incómodos y caminar descalza. Siente cómo el frío alivia un poco las plantas de sus pies, aunque el camino siga siendo duro y le cause un profundo asco. El olor a humedad la abruma, y de forma automática también se quita el *blazer* que lleva puesto, colocándolo sobre su hombro izquierdo. Mira su teléfono y entiende que lleva más de media hora caminando, por lo que su destino no debe estar tan lejos.

Intenta convencerse de que su hermana está bien: ellos no tienen ningún motivo para hacerle daño a una quemada. Ellas son inofensivas (se dice sin mucha esperanza). La buscará de nuevo más tarde. Quizá Miriam logre solucionarlo todo como siempre.

Lauren llega a la cueva que busca y alumbra con su linterna de su teléfono. Ve un plato vacío en el suelo, la envoltura de aluminio de muchas pastillas y un vaso de agua volcado; hay dos flores rojas sobre el suelo, pero él no está. Lauren siente el peso del mundo sobre sus hombros, termina por desplomarse sobre sus rodillas y ya no puede detener más la cascada que se ha formado en sus ojos. Sus fuertes sollozos hacen eco mientras las lágrimas caen mejilla abajo, y cuando logra levantarse de forma torpe y desesperada para alumbrar hasta el último rincón de la sala, entiende algo que no sabe si es bueno o malo, dadas las circunstancias:

—¿Escapó?

Entonces, siente su propia magia activarse ante algo: alguien dejó un conjuro en la sala. El suelo se ilumina y unas palabras se dibujan en la pared, y Lauren está segura de que sólo ella puede verlas.

"Salida del bosque".

Lauren se muerde el labio. ¿Quién se lo llevó?

15
La luna azul
(Herrera / Irving)

Lucas Herrera salió temprano de la pensión y caminó a través de las calles inundadas de neblina hacia la estación de policía. Prefería llegar al trabajo antes que el sol y, especialmente, antes que Vélez. Era la única forma de trabajar un poco sin terminar envuelto en los interminables papeleos atrasados de Lesbruixes que Vélez le asignaba abusivamente cada mañana.

—No entiendo como hicimos para trabajar sin ustedes todos estos años —decía el viejo, socarrón—. Ustedes policías de ciudad que son hábiles con la tecnología.

Tras encontrar el cadáver mancillado de Ramiro Madrid en la estación de policía y hacer el reporte a sus superiores en la ciudad, estos le habían ordenado quedarse en Turó de Lesbruixes junto a Axel para hacer seguimiento al caso y proveer apoyo al "pobrecito" y "desprotegido" jefe Velez, quien había aprovechado la oportunidad para hacer que él y Axel adelantaran todo el trabajo que su equipo no había hecho, al parecer, jamás.

Llevaba más de un mes organizando la base de datos de ese pueblo maldito que le parecía, en el sentido más literal de la palabra, *maldito*. Él no era tan ingenuo como Axel, que veía esto como una oportunidad para vacacionar mientras trabajaban en bases de datos, lo cual ambos podían hacer con los ojos cerrados; no, Lucas sabía que esto de la base de datos, junto a la colección de tareas engorrosas e irrelevantes que Vélez solicitaba todos los días, era simplemente una excusa para ocupar el tiempo de ambos y que no hicieran preguntas.

Herrera creía saber el significado de esto: corrupción. El pueblo en sí mismo apestaba a secretos, a torcidos, a mentiras, a negligencia y… como le indicaba su instinto, a mafias, lo cual explicaría cómo era que una localidad pequeña y perdida poseía tanto dinero observable en los pequeños detalles, desde las fachadas de las edificaciones, hasta las vestimentas y ornamentos de parte de sus habitantes.

Turó de Lesbruixes era un sitio poco homogéneo. Podría decirse que había dos clases sociales únicamente: campesinos y vendedores que vivían de la agricultura y el cuidado de animales, y burgueses con negocios pequeños a los que no entraba nadie y seguramente no vendían gran cosa, pero tenían autos lujosos, joyas, piedras preciosas y un estatus económico de lejos más alto que el de la clase alta de las grandes ciudades. ¿Cómo podía esto explicarse? Herrera temía por su vida y por la de su compañero, pero este ni siquiera se daba cuenta de que estaban en la boca del lobo.

—Anoche me llamó, quiere verme. Me llevará a una fiesta familiar —dijo Axel, con la sonrisa de un adolescente enamorado, a eso de las cinco y media de la mañana, mientras entraba en la estación. Ni Sáenz, ni Ramírez, ni Vélez habían llegado aún. Ellos no aparecían antes de las nueve de la mañana.

—¿Hanna? —preguntó Lucas distraídamente mientras revisaba viejos expedientes, aunque ya sabía la respuesta.

—Sí. Es tan linda… Lucas, ella y yo estamos destinados a estar juntos.

Herrera asintió con la cabeza, frunciendo el entrecejo.

—Hay algo en ella…

—No empieces.

Herrera negó con la cabeza.

—Está bien, no lo haré. Bueno, pasas mucho tiempo con ella. ¿Qué ha pasado? ¿Algo interesante o aún sólo amigos?

Axel dejó su mochila en el suelo, se sirvió un tinto de la máquina, y se sentó frente a su compañero. Dejó salir un largo suspiro.

—El problema es que no lo sé. A ella no le gusta poner etiquetas… o eso creo. "Si arrancas una flor del suelo para poseerla, esta muere poco tiempo después", eso es lo que ella dice… y luego…

—Luego tienes sexo con ella —sugirió Herrera. Conocía este tipo de historias.

—Sí, así es —respondió Axel y su rostro adquiría un tono rojizo y una mirada soñadora—. Pero la forma en que me besa… la forma en que me toca… la forma en que lo hacemos… no puedo describirlo con palabras. Nunca había estado con alguien así. Es como si ella supiera más cómo excitarme que yo mismo; me convierte en otra persona, en alguien que no sabía que era, pero se siente auténtico…

Herrera separó sus ojos del expediente.

—¿Te ha dado algo de beber? —comentó con seriedad.

Axel rio.

—¿Qué? ¿Piensas que me droga? ¿Quizás me embruja? —se burló—. ¡Deberías ser más agradecido! Ella te salvó de la parálisis que te causaron esas flores.

"Me salvo con una poción rara," evitó decir Herrera.

—Estoy agradecido —dijo simplemente.

—Lucas, esto es amor, y tal vez tú deberías buscarlo también, a ver si dejas de estar tan tenso y tan nervioso todo el tiempo. La vida nos da estas vacaciones y tú estás ahí amargándote como siempre. Mira, Hanna me dijo que tiene una hermana que es igual de seria y aburrida que tú. ¿Qué te parece si salimos los cuatro?

Pero Herrera regresó al expediente. Sabía que Hanna trabajaba con plantas en la botica del pueblo. Una de las primeras cosas que había descubierto en este tiempo era que las plantas eran algo muy importante para la cultura de Turó de Lesbruixes. El mercado abarcaba un gran porcentaje del pueblo, y detrás de él había un enorme invernadero al que no se podía entrar sino con un permiso especial de la alcaldía. Los pueblerinos hablaban sobre las flores, los vegetales, las cosechas, el sol, la luna, las estrellas, y podría decirse que su vida giraba en torno a la agricultura.

La familia de Hanna era una de esas familias importantes, reconocidas y respetadas por todos al ser boticarios de tradición, pero eso precisamente, hacía que Herrera desconfiara de ella, y estaba dividido en su desconfianza. El policía de ciudad en su interior le decía: "esto es un pueblo de mafias y en ese invernadero tiene que haber drogas, es la única explicación posible", pero sus entrañas le recordaban aquella escena traumática en la que se había encontrado el cadáver en la estación… o no, quizás sólo un detalle relevante de esa escena, el mareo y la sensación de levedad que había tenido al sentir el olor de las flores rojas que estaban por todas partes, cómo se había paralizado, cómo el tiempo parecía comprimirse, cómo su ser parecía abandonar la realidad e ingresar en un universo paralelo…

—¿Por qué estás revisando ese expediente? Esos flojos no han llegado, no tienes por qué adelantarles nada —preguntó Axel—. ¿O descubriste algo nuevo?

Lucas levantó la mirada, se acercó a Axel y bajó el tono de voz.

—Este expediente, y estos otros de aquí me llamaron la atención. Podrías decir que en este pueblo sólo se registran cinco cosas: nacimientos, defunciones, enfermedades, matrimonios, y crímenes menores. El señor Pérez le robó una gallina a la señora López, el señor Quevedo le debe cien mil pesos al señor Pérez… nada importante. Aun así, algunos de los perpetuadores de crímenes menores pasan a jurisdicción de la clínica y posteriormente, casi siempre, a San José de la Pradera. Desde ahí ya no podemos acceder a la información ya que es clasificada. La estación apenas recibe reportes de progreso poco específicos. ¿Entiendes a dónde voy con esto?

Axel asintió, y frunció el ceño. Era evidente que no le gustaba que Herrera lo trajera de regreso a la realidad del porqué estaban allí.

—No tienes que estar loco para robarte una gallina, ni para deber cien mil pesos. Si se trata de crímenes menores sin gran complejidad no tiene sentido que se ponga en duda la salud mental del perpetuador. Parece innecesario y además…

—Algunas de estas personas siguen allí, en "tratamiento" —completó Herrera, haciendo unas comillas en el aire con las manos.

Hubo unos segundos de silencio.

—Entonces, tú piensas que Martin Esteves está allí, y quizás también Laura.

Lucas negó con la cabeza.

—Laura no está.

—Laura se fue —continuó Axel.

—Me refiero a que Laura no existe —se apresuró a decir Lucas—. He aprovechado las tareas de Vélez para realizar mi propia investigación. Revisé a todos los ciudadanos registrados en la base de datos y apenas hay tres Lauras en todo el pueblo. Dos de ellas son ancianas y la otra es una bebé. No hubo una Laura por la que Martin Esteves viniera a este pueblo. Esa parte del reporte es una mentira. Martin Esteves en cambio…

—Sí, él sí existe —dijo Axel, confundido—. Tengo absolutamente todo sobre él. Reportes estudiantiles, licencia de conducir; hice mi parte. Pero algo no cuadra: su mejor amigo confirmó que él tenía una novia por internet y que venía a este pueblo constantemente. ¿Crees que el denunciante haya omitido el nombre de la novia por alguna razón? ¿Quizás piensa que la novia es responsable de lo que pasó y no quiere incriminarla?

—Lo dudo. Pienso que está en ese hospital. El problema es que no sé por qué. Y no sé por qué ponen allí a ladrones de gallinas o deudores comunes mientras hay gente completamente loca viviendo en las calles, como esas que llaman Quemadas. No tiene ningún sentido, ¡nada tiene sentido! Sólo quiero acabar con esto para que nos transfieran de vuelta a la ciudad y comer en Burger King.

Pero Axel tembló de sólo pensar en la idea de irse del pueblo.

—No, ¡vamos! Aquí estamos bien por ahora. Lo resolveremos, no te preocupes. Sé que viste ese asesinato violento ahí abajo, pero no todo es malo. Evidentemente era un crimen pasional: el tipo golpeó a la esposa hasta matarla y su familia lo mandó matar para saldar la deuda.

—Eso concluyó el perezoso de Vélez, pero no cuadra. No hubo reportes de violencia doméstica, ni siquiera de parte de Charlotte, la hija de las víctimas. Fue repentino, de un día para otro. ¿Qué tal si a ella no la mató el esposo? ¿Qué tal si…?

—¿Qué tal si qué?

Herrera suspiró y sacó de su bolsillo un papel arrugado para mostrarle a su compañero.

—Tres, veinte, veintisiete —leyó Axel—. Los números que aparecieron frente al cadáver que encontraste aquí.

—No —lo corrigió Herrera—. Esos eran tres, veinte, seis. Estos son números que aparecieron escritos en el suelo en la casa de la esposa de Ramiro Madrid. Esos números son una señal, son un mensaje para alguien. Una amenaza codificada. De una mafia a otra. Pensé que… —Herrera dudo si preguntar, pero luego apretó los puños y lo hizo—, pensé que podrías preguntarle a Hanna si esos números significan algo para ella.

—¿Tanto desconfías de ella? —respondió Axel, notablemente dolido.

Herrera miró la hora y se apresuró a guardar los expedientes en su lugar y prender nuevamente la computadora de la estación de policía. Nunca se sabía si Vélez podría llegar.

—En realidad temo que la amenaza vaya dirigida a la familia de Hanna… o a cualquiera de las otras grandes familias de aquí. La familia Madrid Escobedo era una familia justo como la de Hanna: acaudalados, conocidos dentro del pueblo, dueños de un negocio pequeño, cuya ascendencia habita en el pueblo desde varios siglos. Desde mi perspectiva, el mensaje podría ir a cualquiera de esas familias… pero especialmente a la de Hanna. El puesto de adivinación de la señora Escobedo quedaba al lado de la botica de Hanna. Además… las flores machacadas… ¿no son un insulto directo a una de las tradiciones más representativas del pueblo?

Axel se puso de pie de repente.

—No puedo permitir que algo malo le pase.

—Desde… desde luego que no —estuvo de acuerdo Herrera.

—Hoy me veré con ella. Me invitó a una fiesta —se aseguró de añadir—. Puedo decírselo hoy mismo.

—Pues ve a su negocio antes de la fiesta. Pregúntale. Nada pierdes con intentar. Podrías estar salvando su vida.

***

El día transcurrió con lentitud en la oficina. Afortunadamente Lucas le había dado a Axel una excusa para salir de allí y ver a Hanna. Apenas dieron las cinco de la tarde, el policía aprovechó para ausentarse del tenso ambiente de la estación.

La fricción entre los locales y los foráneos podía sentirse en el aire. Vélez y sus dos compañeros desconfiaban profundamente de Axel y Lucas, y a su vez Lucas tenía un pésimo concepto de ellos. No podían hablar demasiado de ello, al menos no en la estación, pero sí en el hotel y en voz baja.

Sabía que Lucas temía por sus vidas. Aunque Axel creía que su compañero estaba exagerando, no podía evitar sentir el olor a podrido que había en ese pueblo. Ese hedor a burocracia y a corrupción invadía cada institución del pueblo y él había sido el primero en notarlo al visitar la alcaldía, el centro de salud, y hasta la notaría; cada uno de estos lugares era exactamente igual que la estación de policía, atendida por un viejo sin ganas de trabajar que se tardaría días hasta en el proceso más sencillo. Nadie estaba dispuesto a mover un dedo para colaborar con un caso tan preocupante como un muchacho desaparecido.

De no ser por Hanna, Axel habría estado tan molesto y desesperado como Lucas, pero Hanna… ¡Hanna! Su compañero no entendía, no tenía ni la más mínima impresión de lo que Hanna significaba para él. No era simplemente una amiga: era como una hechicera que sabía todo sobre él y lo aceptaba tal como era, alguien que entendía cada fragmento de su mente sin que él le explicara nada, era como si tuviera mil años en ese sensual cuerpo de cuarenta que en el torbellino de la pasión se convertía en una ninfa, un huracán de placer tal que lo hacía sentir pequeño e indefenso, pero le daba sentido al enorme vacío de vivir en este mundo.

Ella era un misterio, pero a él no le importaba; su relación con ella era indeterminada, pero tampoco le importaba; ¿qué podría importarle cuando sentía que había encontrado en su piel y en sus labios una verdad que iba más allá de todas sus preguntas?

—No te esperaba tan pronto —dijo ella, mirándolo con sus ojos achinados, coquetos como siempre, cuando llegó a la botica—. ¿Quieres decirme algo? —adivinó.

—Sí —dijo él, sin poder evitar que sus ojos se desviaran hacia sus labios, luego hacia su cabello, hacia la turmalina negra colgada sobre su cuello y finalmente hacia sus dedos. Empezaba a sonrojarse.

Axel le contó a Hanna todo lo que le había dicho su compañero. Le habló del asesinato del señor Madrid, de cómo ellos no creían que fuera un crimen pasional ni una venganza, y de la sospecha que Lucas tenía sobre los asesinatos y sobre los números como amenazas para las familias antiguas de Lesbruixes.

—¿Esos números significan algo para ti? —preguntó finalmente Axel.

Ella lo pensó un momento, luego le dedicó una larga mirada y entró a la bodega. Axel escuchó que removía varios paquetes y luego hizo una llamada telefónica.

—Noah, cariño, estarás en la fiesta, ¿verdad?

El ánimo de Axel bajó a sus pies. ¿Quién era Noah y por qué lo llamaba *cariño*?

No escuchó respuesta alguna.

—No te preocupes por Charlotte. Vendrá un grupo entero de vampirismo de la ciudad, ella se entretendrá con ellos. En ese momento debes escaparte conmigo. Si lo haces te daré un premio… el premio que has estado deseando, pervertido… —le dijo con una voz de terciopelo que hizo que a Axel se le sacudiera todo, a pesar de los celos que sentía.

Nuevamente, no escuchó respuestas.

—Te veré allí, no me falles —añadió.

Después de eso, salió con un gran bolso y sosteniendo unas llaves.

—Nos vamos Axel.

—¿A dónde nos vamos? —respondió él, tosco.

—Al hospital. ¿Querías conocerlo? Pues este es el momento. Iremos a San José de la Pradera.

***

Lucas Herrera terminó el día un par de horas después que su compañero y se despidió de Velez y sus subordinados. Caminó nervioso por el pueblo, pensando en comprar algo de comer, quizás una empanada o un chorizo con arepa de los que asaban en la plaza, sin embargo, no encontró nada en la plaza más que la tenue luz de la luna alzándose sobre la enorme cúpula de la iglesia, antigua, adornada por torres puntiagudas metálicas.

Los vellos de sus brazos se erizaron y su mano fue instintivamente a su arma; volteó a mirar hacia atrás pero no encontró nada ni a nadie. ¿Qué estaba pasando? Había venido a esta plaza mucho más tarde y siempre estaba llena de vendedores, transeúntes, y niños jugando con trompos o pelotas. ¿Por qué hoy no había nadie? ¿Cómo era posible que ni siquiera estuviera allí la anciana de la flor en la cabeza, la dichosa *Quemada*?

Caminó despacio. Nuevamente se repetía la misma sensación que lo embargaba a menudo desde su llegada al pueblo: sentía que, a cada paso que daba, ingresaba a un sueño más y más profundo. Su sangre estaba helada por un miedo incomprensible, era como si su cuerpo supiera algo que su mente aún no entendía… hasta que lo entendió.

En la puerta de la iglesia había enormes letras escritas con sangre:

"III: 20:23"

Contempló la iglesia durante varios segundos, atontado, y finalmente la verdad lo golpeó con una cascada de agua helada.

Iglesia… tres… veinte veintitrés…

¿Marzo de dos mil veintitrés?

Sí. Estaban en marzo de dos mil veintitrés, la luna detrás de la iglesia era particularmente grande y hermosa porque estaban durante la Luna Azul, pero eso no era lo que el mensaje quería decir.

Sacó su teléfono y buscó una biblia en línea. Levítico era el tercer libro de la biblia.

Levítico 20, versículo veintitrés, y leyó, pasmado, mientras sus músculos se contorsionaban dentro de su piel y sus pulmones se quedaban sin aire:

"Y no andéis en las prácticas de las naciones que yo echaré de delante de vosotros; porque ellos hicieron todas estas cosas y los tuve en abominación"

Hicieron… hicieron… ¿qué hicieron? ¿qué habían hecho? ¿quién quería vengarse del pueblo?

Pero la respuesta ya estaba en su mente, aún mientras buscaba los versículos que el asesino había dejado como marca personal, como amenaza o como justificación junto al cadáver de la señora Escobedo, madre de Charlotte.

Levítico 20, versículo veintisiete.

"Y el hombre o la mujer que evocare espíritus de muertos o se entregare a la adivinación, ha de morir; serán apedreados; su sangre será sobre ellos."

La señora Escobedo trabajaba en el puesto de adivinación… Herrera recordó los moretones redondos sobre el cadáver helado de la mujer… aquellos golpes que, según el reporte oficial, su esposo le había dado con una piedra de rio.

Y su mente fue directo a la piedra de rio, el arma homicida que había desaparecido de entre las evidencias poco antes de aparecer de nuevo frente al cuerpo abierto de arriba a abajo de su esposo… con la inscripción de otro versículo más que Herrera, como un autómata, buscaba en su teléfono, recordando la sangre adherida a las paredes, las entrañas colgando...

Levítico 20, versículo seis:

"Y la persona que atendiere a encantadores o adivinos, para prostituirse tras de ellos, yo pondré mi rostro contra tal persona y la cortaré de entre su pueblo."

Herrera guardó el teléfono en su bolsillo y sintió que estaba a punto de vomitar. La persona que atendiere a encantadores o adivinos... el esposo de una adivina... para prostituirse... el esposo... los cortaría de entre su pueblo... cortaría... cortaría de arriba abajo, derramando una cascada de sangre pegajosa... los cortaría...

Estaba mareado, ido, confundido, horrorizado... y a la vez percibía ese dulce olor de las flores que en este punto había llegado a odiar y aborrecer... y veía todo rojo a su alrededor... pero no era una ilusión: la ciudad estaba inundada de neblina roja que se elevaba desde las callejuelas, y el resplandor naranja, inconfundible del fuego que se encendía en todas las direcciones...

Ya sabía lo que estaba pasando en este lugar maldito, pero era demasiado tarde. Herrera ahogó un grito y corrió sin saber hacia dónde, pero vio que desde cada calle hacia la plaza marchaban grupos de personas ataviadas en blancas túnicas, con las cabezas cubiertas y los rostros enmascarados, cargando collares de plata en el cuello y antorchas en las manos con las que esparcían el fuego, como ángeles del día del juicio.

No había a dónde ir.

Supuso que su muerte también había llegado.

16

Luna Azul
(Caballero de la Noche / Francesca)

Me pareció extraño que aquellos que estuviéramos allí para disfrutar del evento fuéramos menos de la mitad de los presentes. La gran mayoría hacían parte del staff de la organización.

Todo estaba divinamente organizado, el festín enfrente de nosotres era espectacular, todo un deleite; tanto para vista como para el paladar. Los platos rondaban de un lado para el otro, según informaron, cocinados con los mejores productos orgánicos y oriundos del lugar, el olor era indescriptible; tan solo estaba seguro que la boca se me hacía agua.

Aunque hace poco conocía de este mundillo. Apenas había venido a alguino que otro *munch* junto a ella en el último mes, pero me había encantado esta experiencia: era como experimentar la auténtica libertad del deseo.

Ver a Hanna jugar, ver a los demás; las palabras eran cortas para explicar el éxtasis que había experimentado.

—Por favor prosigan y cojan los minerales que tienen frente a cada uno de ustedes. Fueron elegidos para cada uno; ninguno de ustedes se encuentra sentado en su puesto por casualidad —dijo un hombrecillo que apareció entre las columnas.

—Ha llegado el momento para que quienes aquí nos congregamos nos conozcamos un poco más, así que siéntanse en plena libertad de usar sus *nicknames* de *fetlife* o, sí la osadía llega a sus venas, ¿su nombre de pila? —dijo una mujer hermosa que iba vestida con un enterizo de látex rojo, de forma pausada y elegante. No pude evitar clavar mi mirada en ella… Hanna es preciosa, pero ella, la Bruja Escarlata, como le llaman… suspiré para mis adentros.

Continuaron presentándose. Allí se encontraba la nueva diseñadora de moda del lugar, su éxtasis también era notorio al vislumbrar el buen gusto en el salón, sin embargo, su forma de hablar, su gabán, ese corsé que apretaba su cintura, su seriedad, su mirada implacable y penetrante silenciaron el lugar. Todos a mi alrededor quedaron cautivados como si de algún hechizo se tratara. Entonces lo que yo sabía era que la magia no existe.

Había unos rostros que creía haber visto antes. ¡Claro! ¡En el psiquiátrico! ¡Vaya forma de desligarse de la realidad! ¡Pasar de un entorno donde todo es marginado y tratado como una enfermedad para venir aquí… a esto! ¡Qué ironía!

Llegó mi turno de presentarme:

—Buenas noches a todos, yo soy *el Caballero de la noche*. Custodio la vida y la justicia, amante de la vida, siento lujuria por la libertad y por la persona a la que acompaño esta noche —dije, empezando a desinhibirme, notando las miradas sobre mi cuerpo forrado en un uniforme de policía de cuero negro. Sonrío bajo la máscara de látex que oculta mi identidad—. Ya la conocen: ¡la preciosa, única e inigualable hiedra venenosa.

Noté que la Bruja Escarlata me miraba con desdén. Supuse que había alguna rencilla entre ellas, pero la vida me había enseñado a no meterme en pleitos de otros. A su lado había un tipo alto vestido en traje y corbata que sostenía su mano… mientras miraba a Hanna disimuladamente. ¡Vaya que existían idiotas en el mundo!

Miré a Hanna pero ella no estaba pendiente de la Inquisidora Escarlata ni del hombre a su lado; Hiedra Venenosa miraba con extrañeza a una chica con uniforme de doctora de látex blanco y una máscara de doctor de la plaga al otro lado de la sala, sin ningún disimulo.

—Ella se parece a… no, olvídalo, ella jamás vendría aquí —me susurró al oído.

—Señorita Francesca, respetaremos su decisión de ser llamada por su nombre, claramente, respetando el magno honor de tener a una de las más grandes exponentes de nuestra escena a nivel internacional como la sádica y dominante. Pedimos al auditorio no confundan este categórico con el del resto de las perras —dice enérgicamente el anfitrión con máscara de león—. ¡Ha llegado la hora que muchos esperábamos! ¿Quién tendrá el honor de rellenar a este par de bestias, estos cerdos asquerosos? Nuevamente las risas llenaban el lugar.

Como fue indicado en el recorrido, la subasta comenzó.

—¡Quiero al policía de nalgas firmes! —Stella me mira con esa sonrisilla pícara. Encuentro humorístico que quiera conmigo. ¡Si supiera quién soy…!

Aquellas piedras que nos indicaron teníamos en frente, tenían grabado un símbolo en la parte inferior. Ante nosotros, pusieron una tablilla con el equivalente de cada uno de ellos. Al parecer esto era una clase de bingo-subasta, ¡qué ingeniosos!

Había una chimenea detrás de los anfitriones, en la cabecera de la mesa y captaba mi atención. Qué raro… empezaba a marearme. ¿Había de esas flores aquí?

Sentí vergüenza de mí mismo por estar allí inhalando ese aroma voluntariamente cuando hace pocos días mi mejor amigo había estado a punto de morir precisamente por esas flores. Miré a la Hiedra Venenosa con algo más que deseo: ella había salvado la vida de mi mejor amigo con su pócima mágica. Tenía nombre de villana, pero ante mis ojos era una heroína.

Me levanté para ir al baño y a mi lado se levantó la doctora de látex blanco. ¡Toda una doctora! Pero aquí se convertía en veterinaria, pues estaba recibiendo la atención de uno de los perros del calabozo que, por su comportamiento, más parecía un cachorro.

—Las cosas van bien —me digo al espejo, hasta que escucho a alguien discutiendo a las afueras. ¡Típico! Seguro era alguna parejita.

Al reincorporarme a la velada, ví al "perro zarrapastroso" dirigirse a una alcoba con alguien que tira de su correa, pero no era la doctora sino un tipo con traje de pingüino.

Busqué a Hanna con la mirada y la vi hablando con el compañero de la Inquisidora Escarlata. Su sonrisa seductora me puso nervioso. ¿Sería ese el tal Noah? ¿Era posible que esta noche terminara de una forma muy distinta a la que yo me estaba imaginando?

***

Estaban ofertando por la última sabandija. Decidí ofertar.

—¡ESE ES MÍO! —sentía que algo me impulsaba a hacerlo. Todos impactados voltearon a verme. El anfitrión con máscara de león me invitó al frente y solicitó mi mineral, una bella turmalina negra. Por él "habíamos ofertado" siete de los asistentes. Algunos ya tenían a varios esclavos listos para usar. ¡Codiciosos!

Uno a uno fuimos revisando las tablas y dos quedamos en empate. Si eso pasaba, era la sabandija quien debía escoger con quien irse. Abandonando su pose de cerdo empotrado, retirándose la manzana de la boca y luego la máscara que llevaba puesta para hablar.

No podía dejar de ver su cuerpo. Era pequeño, compacto, moreno, con una cicatriz que cruzaba sus pechos. ¿Qué le habría pasado?

¡Un momento!

La sabandija me miró.

¡No podía creerlo! Se parecía tanto a *elle*... mi corazón se aceleró.

Apenas pude, me retiré sin decir una sola palabra. Estela se fue tras de mí.

Tenía una debilidad y había sido descubierta: mi romanticismo y sentimentalidad. Corrí como si hubiese visto a la mismísima muerte mientras un pasado que había olvidado al llegar a Lesbruixes aparecía de nuevo en mi mente.

El desconcierto me llevó a refugiarme en alguno de los múltiples espacios disponibles. Entraba sin tocar la puerta y salía al ver que no estaba vacío, sin importarme nada. Afortunadamente los participantes del evento estaban demasiado ocupados en sus actividades como para molestarse conmigo.

Entonces empecé a sentir algo extraño... la magia que se movía por el lugar y descendía hacia el fondo... esa misma magia que tanto me había llamado la atención la primera vez... ahora parecía... diferente.

Quizás fueran impresiones mías.

Entré y salí de muchas habitaciones. En una de ellas había un cuerpo colgado. Las ataduras no eran propias del *shibari*. De hecho, lucía tan burdo que tendría que haberlo hecho un principiante, quizás uno que veía demasiadas películas de mafiosos…

El cuerpo estaba cubierto de flores cortadas. Me pregunté por qué el *rigger* no estaba acompañando ahí.

Seguí caminando como si mi cerebro no se hubiera dado cuenta de lo que acababa de ver, preguntándome cuánto me tardaría en notar lo irregular de esa escena, y entonces vi a un grupo de personas correr.

Quería un lugar privado, así que, para evitar a la gente, bajé las escaleras.

La cocina estaba abierta, aquella a la que no se suponía que entrara nadie, y antes de notar lo que hacía, yo había cruzado sus puertas y veía una gran trampilla en el suelo: la entrada a un túnel, abierta de par en par.

Entré allí, suponiendo que allí iba la magia sexual acumulada en los eventos, y noté que la magia, aunque presente, estaba desordenada, sin saber hacia dónde ir.

Me encontraba en un estilo de cueva iluminada con elegantes candelabros encendidos y al fondo veía un gran salón con una hoguera de fuego púrpura. En las paredes se divisaban antiguos gravados y en el centro se alzaban las estatuas de Xouchipili y Tlazoltéotl, imponentes y poderosas.

Ese color púrpura del fuego… ¿por qué le resultaba extraño? ¿Qué tipo de magia era?

Conforme iba avanzando aparecían flores marchitas, y el lugar se hacía más húmedo y frío. Había destellos de una luz azul relampagueante y cada tanto se escuchaba un ruido extraño, como si algo chocara contra un metal; le recordaba a la película del aprendiz de brujo. No sabía hacia dónde dirigirse, pero su intuición le indicaba que debía buscar algo más.

Dobló hacia un lado y se encontró con un pequeño cuarto. Allí había un vaso tirado en el suelo y lo que parecían restos de comida. ¿Tenían prisioneros aquí? Era evidente que alguien había habitado ese calabozo poco tiempo atrás. Decidió regresar por donde vino. ¿Qué estaba pasando en este pueblo?

Pero Francesca no regresó al mismo sitio del que había salido: al llegar a la cocina se encontró con una mansión en caos. Entró presurosa y se encontró con que el festín se había convertido en una estampida de personas huyendo despavoridas intentando alcanzar sus vehículos.

—¡FRANCESCA! ¿DÓNDE ESTÁS?

Era la voz de Estela, que era llevada por dos hombres ataviados con túnicas blancas.

Ahogó un grito y se apresuró a ir hacia ella, pero la multitud se lo impidió y pronto la perdió de vista. Se abrió paso, empujando contra la marea de gente que se agolpaba en el pasillo, y entonces, al llegar al gran comedor, contempló la escena más horrenda y grotesca que había visto en toda su vida: sobre la mesa se encontraba aquel anfitrión con máscara de león abierto de par en par, sus vísceras regadas a su alrededor y un mensaje sobre la chimenea escrito con su sangre:

"S. 83"

Los pasos de los encapuchados se escuchaban avanzar como un aguacero, como una tormenta, y el color naranja del fuego resplandecía en tres de los nueve pasillos que daban al comedor. Francesca se apresuró a esconderse mientras comprobaba, con horror, quiénes eran los atacantes.

Interludio

Oh Dios, no guardes silencio;
No calles, oh Dios, ni te estés quieto.
Porque he aquí que rugen tus enemigos,
Y los que te aborrecen alzan cabeza.
Contra tu pueblo han consultado astuta y secretamente,
Y han entrado en consejo contra tus protegidos.
Han dicho: Venid, y destruyámoslos para que no sean nación
(…)
Persíguelos así con tu tempestad,
Y atérralos con tu torbellino.
Llena sus rostros de vergüenza,
Y busquen tu nombre, oh Jehová.
Sean afrentados y turbados para siempre;
Sean deshonrados, y perezcan.
Y conozcan que tu nombre es Jehová;
Tú solo Altísimo sobre toda la tierra.
Salmo 85

El dueño de la ferretería despertó y sintió cómo su cuerpo reposaba extendido sobre la pared del recinto. Sus ojos se encontraban vendados y sus extremidades atadas. Respiraba con dificultad y aún en medio del caos empezó a reconocer frases sueltas que carecían de sentido en su mente:

—*Como hojarascas delante del viento, como fuego que quema el monte, como llama que abrasa el bosque* —recitaban voces dispersas, ahogadas y disonantes. Ecos que se perdían en el vacío de la oscuridad y se rompían con los destellos de pequeñas llamas que empezaban a brotar desde los suelos. Ascendían y empezaban a abrasar su cuerpo con el calor demoníaco que les rodeaba.

—¡Bájenme de aquí! ¡Auxilio! ¡Bájenme de aquí! —suplicaba sin parar mientras su cuerpo ardía tenuemente.

—¡No permitiremos que ustedes, blasfemos, destruyan este mundo! ¡Somos tu pesadilla y tendrás que gritar! —bramó una voz— . ¡TENDRÁS QUE GRITAR!

—¡Están dementes! —su cuerpo empezaba a tomar matices carmesíes mientras su vida se apagaba.

—¡La fuerza de las sombras viene pronto, creyente de la oscuridad! ¡Es momento!

Una figura salió de las sombras, y pareció la luz de las llamas que resplandecían en el lugar tomaron un extraño color púrpura a su alrededor. Llevaba una lanza entre sus dedos y la insertó con fuerza en el hombre atravesando sus costillas, y luego bajó hacia el borde de su cintura. Detuvo de golpe la voz que intentaba sobrevivir y dispersó las entrañas de aquel ser. Hubo silencio, todos callaron. Reinó la oscuridad, las llamas cesaron. Silencio y oscuridad.

17
Aquelarre
(Charlotte / Ana / Hanna)

You've come to this far in the story
So you must know that life is so dull without stories that are told.
Now, one for the darkness, magic, and monsters,
If they're real or not, we don't care cause they just work

All ears - Dark Sarah[1]

(En la mañana del día de la Redención)

Noah se apuntaba la bragueta mientras se veía con arrogancia en el espejo. Revisaba su teléfono como tratando de verificar que el mensaje que acaba de recibir era correcto. Charlotte seguía desnuda en su cama jadeando un poco después de haber logrado complacer y marcar a su hombre. Éste lucía con orgullo un par de líneas carmesí, paralelas y angulares fijadas en su espalda evidenciando el recorrido de los dedos y las uñas de su amante.

—Hoy tendremos un momento perfecto para que sigamos… explorando —le dijo Charlotte mientras se ponía de pie, aún desnuda y acercándose desafiante a su esposo. Este la tomó de la cintura, la besó y continuó acicalándose para el gran evento.

Pero el objetivo de Charlotte no era *explorar* realmente. Francesca había invitado a un grupo de vampiros con fetiche por la sangre, ¡qué amable! Charlotte jugaría con ellos y le enseñaría a su marido que podía ser deseada por otros hombres mientras extraía

---

[1] Canción All Ears, por Dark Sarah (2020)

un poco de sangre y se hacía más poderosa; así su hombre nunca más osaría a poner sus ojos en alguien más.

Charlotte había hecho un ritual de sangre. Estaba lista para absorber el poder de los jóvenes vampiros. Llevaba tres días sin comer y había invertido horas en hacer cánticos. Hacer eso a escondidas de Noah había sido toda una odisea.

—Saldré a comprar los accesorios que nos faltan para la *fiesta* —dijo Noah al terminar de vestirse y salir de la habitación—. Ve preparándote y en unos minutos paso por ti.

Charlotte se quedó desnuda frente al espejo. Sus pechos resaltaban imponentes abrazando el relicario rojo que colgaba de su cuello. Sus ojos brillaban con un extraño resplandor escarlata que, afortunadamente, las personas pasarían por alto gracias a su atuendo. Llevaría un cosplay de la Bruja Escarlata de Marvel Comics: un traje de látex rojo, botas altas, guantes hasta los codos, una pequeña capa que abrazaba su cuello y una máscara que dejaba ver sus ojos y sus labios. Charlotte estaba lista, lista para conquistar la noche y apoderarse por completo de su hombre.

Welcome. Join the coven.
It's time to step in line.
Show us all your powers inside

All ears - Dark Sarah

El lugar era sombrío, pero a la vez festivo. Múltiples personalidades, múltiples atuendos, y un carnaval de cuerpos, formas y roles. Parecía increíble que algo de tal magnitud se llevara a cabo a tan solo unos kilómetros de Turó de Lesbruixes.

Ana jamás había estado en un evento como este, y se sorprendió de ver a tantos conocidos que no tenían ni idea de quién era ella. ¿Estela? ¿Charlotte y su esposo?

Durante el último mes, Ana había descubierto tantas cosas que sentía que toda su vida había estado en una burbuja. Primero que su mejor amiga era en realidad su hermana, y luego, que este pueblo no era lo que ella pensaba. Las *festas de mascarades* eran su evento más importante y una de las tradiciones que mantenían vivo al pueblo, no solamente por la cantidad obscena de dinero que se movía en ellas, sino por la cantidad igualmente obscena de magia…

Sí… magia… Ana jamás hubiera imaginado nada de esto, y aun así todos a su alrededor sabían de ella.

Tras visitar a Bianca y enterarse de todo lo que estaba pasando, muy en contra de su instinto, Ana se puso un traje médico de látex blanco y una máscara de doctora de la plaga y se fue a la mansión a las afueras de la ciudad. ¿Quién le diría que no? Era la hija y heredera de una de las brujas más influyentes del pueblo, y una de las profesionales más respetadas del hospital. Si algo, los organizadores la trataron como a una reina. Pasaron a recogerla en limusina.

De allí, la transportaron hasta el lugar del evento, la inmensa mansión oculto tras la colina, entre un rico follaje y una espesa neblina. Al atravesar esta barrera, se encontraba en una edificación que parecía un castillo sacado del mundo de J.R.R. Tolkien.

Ya adentro, se limitó a seguir los ritos y protocolos para mimetizarse con el ambiente y pasar desapercibida. Seguía las instrucciones dadas por el anfitrión y quienes modulaban a los asistentes. Quiso entender qué papel jugaba dentro del lugar. Su plan no incluía ser dominante o sumisa, ni jugar con cerdos, perros o bebés. Bianca le había dicho lo que veía en las estrellas: ella tenía que estar allí para salvarlos a todos, y para apoyar a su hermana en el momento en que esta desfalleciera.

Algunos invitados se presentaban y otros no. Buscó a su hermana con la mirada, pero resultó encontrándola con el oído: la voz del caballero de la noche le resultó familiar. ¿Se había vestido de policía? ¡Qué sutil!

—Ya la conocen: ¡la preciosa, única e inigualable hiedra venenosa! —dijo, emocionado.

Y allí estaba ella, Hanna. Lucía un traje verde ceñido y botas de tacón marrón simulando un tallo fuerte y de silueta estilizada. Su cabello se encontraba encrespado, adornado por flores que combinaban con sus guantes rojos.

El juego empezó. Algunos venían a jugar y otros venían a que jugaran con ellos. Había un grupo de vampiros que miraban a Charlotte y a su esposo con sonrisas lujuriosas. Ana se sentía incómoda, aunque, debía admitir, todo esto también la calentaba y la excitaba.

La subasta vaciaba poco a poco el gran salón. El caballero de la noche se levantó y caminó hacia las escaleras. Decidí acompañarlo para hablar con él, preguntarle dónde estaba Hanna y, de ser posible, salir de aquí cuanto antes, pero un chico vestido de perro empezó a hablarme.

—¡Guapa! ¡Nunca te había visto por aquí! ¿Quieres jugar conmigo?

Puse los ojos en blanco.

—Disculpa, busco a alguien —le dije, pero vi que Axel había entrado al lugar al que yo no podía entrar: el baño de hombres.

Bajé las escaleras, frustrada, y encontré que ya no había casi nadie.

En un salón contiguo se encontraba la Bruja Escarlata, adoptando perfectamente su rol de dominatriz. Los vampiros estaban arrodillados ante ella, y ella bailaba, perdida en su propio erotismo. Se había adueñado del salón y de todos esos muchachos, que la miraban como si fueran a explotar de deseo. Su esposo estaba allí, molesto, entre furioso y humillado, y pronto se deslizó afuera del salón y subió las escaleras, rumbo a una habitación.

There is no entry to Devil's Peak
I am your nightmare, and you shall scream,
One for the night, one for the light, yeah!
One for the fright, for saving the might of the mind!

All ears — Dark Sarah

Los vampiros miraban a Charlotte estupefactos mientras ella acariciaba su cuerpo y bailaba para sí como si de seducir al mundo se tratase. Ellos gemían y exclamaban entre murmullos y jadeos incesantes. Ella se acercó a uno de ellos y bailó sobre su regazo, mientras usaba el filo al borde de uno de sus guantes para hacer un corte superficial en su hombro desnudo.

Él se mordió el labio mientras un hilillo de sangre brotaba de su piel, y Charlotte pasó la lengua sobre él. El muchacho se estremeció y abrió los ojos como platos: no entendía por qué eso se había sentido tan bien.

Y Charlotte, respiró el poder de su sangre que ingresaba limpiamente a su cuerpo, llenándola de poder, pero también de un hambre voraz. Llevaba varios días sin comer.

Continuó bailando y cortando a los jóvenes, saboreando su sangre mientras ellos se masturbaban con expresiones de horror y lujuria. El cuerpo de Charlotte ardía en su interior y su traje parecía reverberar. Concentró su poder mientras alcanzaba su primer clímax, el primer orgasmo de su noche, pero de repente un golpe seco sacudió la habitación entera.

Percibió un calor diferente al que su cuerpo emanaba, y otra magia distinta a la suya y a la magia sexual que fluía por la casa.

Salió de la habitación y se encontró con el ruido de una multitud aterrada. Los asistentes corrían tratando de abandonar del lugar mientras se empezaba a concentrar una especie de bruma en el recinto y un calor intenso que no podría ser otra cosa que fuego. Se escuchaban nombres haciendo llamados de auxilio o preocupación a otros asistentes.

Y Noah no estaba allí.

—¡NOAH! ¡AMOR!

Call me a dreamer, these dreams will come true,
Just wait and see, and the fortune falls to you!

All ears – Dark Sarah

—¡Qué sorpresa verte por aquí! —susurró Hanna mientras acercaba sus labios hacia el oído del enmascarado de traje blanco y negro—. No sabía si lograrías escapar de tu esposa.

—Hiedra venenosa, no me perdería un placer como este.

—Es un placer poder tenerte… para mí sola, ¡al fin! —Hanna hizo una pausa y le puso un dedo en el mentón—. Ven por mí.

Él cerró la puerta con llave y se abalanzó sobre ella, puso su brazo alrededor de su cuello ejerciendo una leve presión.

—Maldita perra. Esta vez no escaparás de mí —el enmascarado río y aumentó la presión ejercida sobre el cuello de Hanna—. ¡Te vas a morir!

Hanna se carcajeó como pudo:

—¡Qué cobarde eres, *Eithan*!

—¿*Eithan*? ¿Cómo sabes que yo…?

Hanna dejó salir su magia de su piel. El aire ahora estaba cargado de esporas doradas. Noah retrocedía tosiendo, intentando reincorporarse.

—¿Cómo sé tu verdadero nombre? ¡Te investigué en secreto! ¡Axel me ha contado todo sobre su investigación, sobre los asesinatos que pasaron en el pueblo y tú, tú, maldito, eres el único relacionado con las víctimas! ¡Tuve que averiguar quién eras! ¡Lo sé todo sobre ti! ¡*Ellos,* los Redentores te pusieron aquí!

Noah miró hacia la puerta.

—¡ESTA VEZ NO LO HARÁS! —Hanna lo sujetó del torso y lo sentó sobre la silla, ató sus manos y pies y luego se puso frente a él.

—¡Tú y tus estúpidos trucos! ¡No podrás hacerme nada! ¡Será igual que aquella vez en tu pueblo cuando maté a *Mama Quilla*!

—¡Esta vez no escaparás! ¡No lo permitiré! —Hanna se agachó y desenfundó una pequeña daga. La puso contra el rostro de su enemigo—; mírame bien cabrón, esta vez no escaparás.

—¡TÚ! ¡Tú vendiste a nuestro pueblo! ¡Vendiste a los padres de Charlotte! ¿A que sí? Luego pensabas matarla a ella también: eres un monstruo y un asesino. Apuesto a que te casaste con ella solo para recibir información sobre el aquelarre y la gente de aquí. ¡Qué bastardo tan sucio! ¡Engañaste a una mujer enamorada, la hiciste creer que eras otra persona, y mataste a su familia!

—No pasarías desapercibida. Es imposible —pero la voz de Noah pasaba de arrogante a temerosa—. Ellos acabarán contigo si se enteran de esto.

Hanna soltó una carcajada.

—¡A ellos no les importa un *peón* como tú! ¡Les encantaría matarme, te mate o no!

—¡No traerás a Mamá Quilla de vuelta con esto!

—Ella no volverá…

Y Hanna puso su mano sobre el pecho del hombre. El rostro del hombre se hinchó y cuerpo se retorció mientras su garganta crecía y el tallo de un árbol brotaba por su boca y crecía hasta que brotaban flores blancas manchadas con la sangre de su cuerpo.

—Ni tú tampoco, hijo de puta.

Y Hanna cortó su pecho con la daga para permitir que las ramas y raíces de la planta se extendieran por toda la habitación hasta consumir completamente la energía vital del traidor.

If there's a rage in you you don't know what to do with,
Just join the cult of dreams and wait and see,
You'll be released

All ears - Dark Sarah

Las llamas se extendieron rápidamente por las paredes de la mansión, como si estuvieran ansiosas por exterminar a todos aquellos pecadores. Ana subió las escaleras por las que había visto subir a su hermana y encontró puertas abiertas y cerradas: aquellos que huían y aquellos que no sabían aún que el infierno se había desatado. Pronto la vio salir de una de las habitaciones con prisa. Tenía sangre en su rostro y el pecho descubierto. Notó que había más sangre que se perdía en el verde de su traje de hiedra venenosa.

—¡Hanna!

—¡ANA! ¿Tú…? ¿Por qué estás aquí? Pensé que no querías tener nada que ver con… nuestro mundo —Hanna corrió hacia ella, mirando con asombro su sensual traje de doctora.

Ana miró su propio cuerpo y negó con la cabeza.

—Hablé con Bianca hoy en la tarde. Me dijo que los enemigos del aquelarre vendrían aquí hoy, que tú estarías aquí… no podía simplemente dejarte. Escondí a mi madre y vine para que nos larguemos cuanto antes.

—¿Hablas con Bianca? ¡No lo entiendo! ¿Desde cuando eres parte del aquelarre?

Ana tomó a Hanna de la muñeca y la haló para que corrieran.

—Eres mi hermana, *tú* eres mi aquelarre.

There is no entry to Devil's Peak
I am your nightmare, and you shall scream,
One for the night, one for the light, yeah!
One for the fright, for saving the might of the mind!

All ears — Dark Sarah

Como un alma en pena, Charlotte gritaba el nombre de su amado.

La multitud se concentraba en la salida y las llamas habían llegado al salón principal y al vestíbulo. Charlotte no sabía si salir o buscar a su marido; su sangre ardía con más intensidad que antes y el relicario en su cuello vibraba con fuerza. Lo tomó entre sus dedos y lo presionó: ese recipiente traía la sangre de Noah, seguramente le serviría para localizarlo.

Cerró los ojos e intentó concentrarse en el caos, y sintió que él estaba en una habitación del segundo piso. Subió las escaleras entre fuego y escombros y se encontró de frente con una puerta entreabierta. El relicario empezó a agitarse como si una mano invisible lo sacudiera, y el corazón de Charlotte empezó a colapsar.

El cuerpo de un hombre yacía sentado sobre una silla en el centro de la habitación, grotescamente atravesado por un árbol cuyas ramas se cernían en torno a su cuerpo como serpientes de madera.

Charlotte se aproximó lentamente a su rostro, sabiendo lo que encontraría, sintiendo que su cuerpo se calentaba con ímpetu.

Acarició la mejilla de su amado mientras la sangre dentro del árbol, en el suelo, en las hojas, vibraba ante su presencia y se dirigía hacia ella, hacia su boca, hacia sus poros, hacia sus ojos que ahora tomaban un color rojo… y todo su ser explotaba como una supernova. La sangre de Noah era absorbida por el hechizo de Charlotte mientras esta continuaba emergiendo desde su ira y su dolor.

La bruja más poderosa de todas había nacido.

Call me a dreamer, these dreams will come true,
Just wait and see, and the fortune falls to you!

All ears – Dark Sarah

—¿No dijeron que no debíamos usar magia? —preguntó Ana, temerosa.

—¿Te parece que puedo elegir? —replicó Hanna y extendió la punta de los dedos hacia arriba—. ¡No importa! ¡Ahí viene!

—¡Hanna! ¿Dónde estabas? —preguntó Axel—. Te vi irte con ese tipo y luego… no podía irme sin saber que estabas bien —añadió.

—¡Ese tipo no es nada! ¡Tenía una deuda pendiente conmigo, es todo! ¡Debiste salir apenas empezó todo!

—¡No te iba a abandonar!

Ana sonrió.

—No quiero dañar el momento, pero, ¿podemos irnos?

—¡Usaremos el túnel que va a mis invernaderos!

—¿Hay un túnel que va a *tu casa*?

Pero Hanna corría hacia un pasillo y luego bajaba por una escalera hasta llegar a un sótano.

—¡Allí estaremos a salvo! ¡No creo que les importe ir a quemar verduras!

Abrió la trampilla que se encontraba en el piso.

—Tú primero que está oscuro Axel —le dijo y guiñó un ojo.

El policía entró, y la boticaria cerró la trampilla, puso sus manos sobre ella y gruesas enredaderas la recorrieron hasta dejarla completamente sellada.

—¡Ve a mi casa y espérame allí!

—¡NO! ¡HANNA! ¡NO PUEDES HACERME ESTO!

—¡Quiero que estés a salvo! ¡Sigue el camino y llegarás a mi casa! ¡Iré a buscarte más tarde, lo prometo! ¡Confía en mí!

Y regresó hacia la mansión seguida de su hermana.

—¡Vamos a buscar al resto de las brujas! ¡Tenemos que defendernos! ¿Qué te dijo Bianca?

—Bianca está demasiado vieja para pelear, pero me dijo que buscáramos a Francesca. Ella no cree en el equilibrio, pero es justa. Es una nigromante.

—Déjame hacer un conjuro para protegerte del fuego —sugirió Hanna, pero al regresar al salón no encontraron más que penumbra. Las llamas ya se habían apagado.

Había algo más ardiente en el aire.

Charlotte estaba de pie frente a ellas, lívida de ira. Hanna tembló ante su gran poder.

—¡Fuiste tú! —Charlotte apuntó sus ojos enardecidos al rostro de Hanna y caminó hacia ella—. Aún tienes su sangre sobre tu cuerpo.

Hanna junto sus manos, suplicando:

—¡Él no es quien tú creías! ¡Él mató a tus padres!

—¿De qué está hablando? —preguntó Ana, nerviosa.

—¡Pagarás por lo que le hiciste, maldita! —Charlotte se lanzó sobre Hanna, deslizándose por el aire como un fantasma, y la estrelló contra la pared, cerrando sus dedos en su cuello.

—¡No entiendes! ¡Él nos condenó! ¡De seguro iba a matarte a ti también!

Charlotte inhaló y la sangre sobre la piel y la ropa de Hanna se evaporó para terminar en los labios de la bruja escarlata. Hanna liberó su poder con brusquedad y su cuerpo se arropó de raíces, lianas y esporas doradas. Las dos se miraron fijamente. Ana intentó acercarse a ellas, pero Charlotte hizo un gesto con los ojos y la doctora salió volando hasta el otro lado de la habitación, como golpeada por una fuerza invisible.

—¡Entiéndelo!

—¡Mi esposo!

Y una figura apareció en el umbral de la puerta, un hombre envuelto por un manto blanco que ocultaba su rostro mientras se presentaba ante la triada de mujeres.

—Vaya, vaya. No esperaba juntarlas tan pronto. Esto me facilita las cosas.

Ana se levantó con torpeza del suelo y agudizando su mirada pudo reconocer a aquella figura. ¿Qué estaba haciendo él aquí?

—¿Papá?

18
Alarma
(Andy)

—¿Sabes, sabes? Es chistoso saber que estas loquito, ¿te acuerdas cuánto tiempo te dije que llevo acá? —pregunta Genis.

—*Sip*, seis meses —responde Andy.

—Es chistoso. Después de un tiempo todos te tratan con condescendencia. No eres mala persona y estás sufriendo. Aun así, todo lo que salga de tu boca será imposible, será mentira, parte de tu imaginación. Dejas de ser humano.

—Genis, ¿quieres ir a grano por favor? Ya tengo suficiente con estar acá sentado coloreando para "relajarme" todos los malditos días —dice Andy soltando un color—. Mi madre debe estar enloqueciendo sin mi hermano y sin mí.

Se me acerca y susurra a mi oído:

—¿Me creerías si te digo que yo sé de qué hablas? Los encapuchados, el tono ritualista…

—¡Por favor! ¡No estoy para bromas! Si me creyeras hubieras dicho algo antes.

Genis niega con la cabeza:

—No, porque no soy estúpida. No quiero que me droguen más de lo que ya me drogan. Y eso es lo que hacen aquí con cualquiera que haga referencia a eso. ¡Ni que fueras el primero que habla de esa cábala rara que hay aquí! A veces no me tomo las pastillas y me quedo despierta mirando a la gente, escuchando. No sé si es porque estoy "loquita" o porque soy muy detallista. Me gusta observar a los demás.

—¡*Stalker*!

Ambos se ríen y luego siguen coloreando.

—Estaba en mi habitación mirando el reloj de pared, tic-tac, tic-tac. El silencio aquí es tal uno puede escuchar el mecanismo de los relojes a veces. Fingí que estaba dormida mientras María hacia la ronda de la noche. Después de que ella paso por mi habitación me levanté a curiosear. Si bien no salí de la habitación, si vi cosas. Todo el ambiente estaba impregnado de un olor floral. A decir verdad, me gustaba, era dulce, aunque puede ser solo una percepción —Genis se encoge de hombros—. Eso me pregunto a veces, ¿todos percibimos igual los olores y los sabores?

Voltea a ver a Andy, levanta la ceja y sonríe.

—¡Vamos! —dice y empieza a caminar.

—¿A dónde vamos? —pregunta Andy, siguiendo a Genis por los pasillos.

—¿A quién le interesa? Nosotros estamos locos pero los cuerdos ni siquiera se fijan en su alrededor, en los detalles.

Genis sigue con la historia. Mueve la cabeza en todas direcciones observando todo, las ventanas, las puertas, las paredes, el piso y las personas, como una turista en un museo.

—Arrastré la silla de la habitación hacia la ventana y me senté a ver el cielo; estaba muy oscuro pero despejado, había puntos que se movían en la neblina, eran de un color amarillo-naranja que se movía. Fue lindo pensar que eran luciérnagas, pero era imposible que proyectaran tanta luz, en fin "los locos".

Genis y Andy llegan a la esquina contigua a la recepción. Genis se sube en el sillón que da hacia la ventana, sube los pies, apoya su brazo en el espaldar y sostiene su cabeza, mira a Andy y mira la silla donde quiere que él se siente. La silla da directo a la recepción.

—Sé que no llevas tanto tiempo aquí como yo, pero cuando te consideran lo bastante loco, podrás notar los patrones de la rutina del hospital, ¿ves esas cajas y comida que están ingresando? Bueno eso no es normal, no es habitual que el pedido de la cocina llegue hoy.

Andy observa fijamente a María mientras recibe las cajas.

—Pues no parece que pase nada raro.

Genis se sienta de manera adecuada en el sillón y dice:

—Va a suceder otra vez, Andy. Hoy verás a los dichosos encapuchados.

A Andy no le hace gracia escuchar eso. Se recuesta contra la pared cruzando los brazos.

—¡Si claro! —se burla con sarcasmo.

Genis se le acerca y le toca la cara:

—No te tomes las pastillas esta noche —dice Genis y le da la espalda a Andy—. O tómatelas, después de todo estás hablando con una "loca" y las razones por las que estas acá son las de tu expediente. Chao.

***

La noche cae sobre el San José de la Pradera. La enfermera le da las pastillas a Andy, le pasa una copa de plástico con agua, y espera a que se las tome.

Andy se acuerda de Genis y finge tomárselas. La enfermera le pide que abra la boca y saque la lengua. Andy obedece. La enfermera se va de la habitación y Andy escupe la pastilla que tenía bajo la lengua. Ahora, sólo queda esperar despierto a que llegue la media noche.

Pasa un par de horas acostado en la camilla, mirando al techo y las líneas de luz que se filtran desde afuera. El reloj de pared suena y un olor dulce entra por la puerta. ¿Será este el olor a flores que dijo Genis? Entonces nota que ese olor era el mismo de se percibía en el campo la última vez que vio a Martin.

Andy se levanta de la cama y de manera discreta mira por la ventana.

¡Oh mierda! ¡Es esa neblina!

El vidrio de la habitación se empaña. ¿Debe salir a mirar qué pasa?

Pero no quiere que lo vean y lo droguen. Sus parpadeos se hacen cada vez más largos mientras piensa y piensa… entonces ella aparece de nuevo:

—¡Despierta "loco"! ¡Dime que no te tomaste las pastillas! —Genis le toca el brazo.

Andy mueve su brazo de manera brusca.

—¿Qué quieres? Ya me vi como un estúpido un rato. Quizás deberíamos dormir.

Andy nota que la luz que inunda los pasillos ya no es blanca sino de un tenue amarillo.

—¿Ves que algo raro pasa? ¡Te lo dije! ¡Te lo dije! —Genis toma de la mano a Andy y lo lleva a la ventana. Hay luces afuera, pero a diferencia de la historia de Genis, no lucen tan grandes—. Están ahí, pero mucho más lejos.

"¡BOOM!"

Tan pronto como Genis termina su oración, una explosión resuena en alguna parte y los hace temblar y caer sobre la cama. Se escuchan los gritos de enfermeros y pacientes y una aguda alarma que resuena como el fin del mundo se extiende por todas partes.

Genis se lleva a Andy de la mano, y corren por los pasillos hasta llegar a la recepción.

Todo se ha convertido en un caos.

Hay trozos de madera y vidrio en el suelo. Los encargados de seguridad ya no están, y los enfermeros ayudan a los pacientes a salir por puertas y ventanas. ¿De qué están huyendo todos?

Pero la respuesta se hace evidente cuando una docena de hombres ataviados en túnicas blancas, sosteniendo antorchas encendidas salen del hospital.

Enfermeros e internos huyen despavoridos. Andy y Genis hacen exactamente lo mismo. Descienden colina abajo hacia el pueblo. El olor dulce de las flores es reemplazado por la ceniza. Ambos empiezan a toser. Se acercan al pueblo y un calor abrasador los invade.

Las luces anaranjadas que hace rato veían desde la ventana son en realidad voraces hogueras provocadas por alguien. Hay libros, telas, muebles y plantas sirviendo como combustible. Es una imagen cruda que parecía sacada de un relato de cruzadas antiguas.

Andy se detiene en seco.

—¿Qué mierda está pasando Genis? ¿Cómo lo sabías?

—¡Vámonos! ¡No puedo respirar! —grita Genis, tosiendo humo, y se tapa la nariz y la boca con la manga del saco.

—¡No me voy a mover hasta que me digas todo lo que sabes! —dice Andy cubriéndose la cara también.

—¿Ahora sí quieres escuchar lo que dice la loca Genis? ¡Pues yo no sé nada! ¿Cómo voy yo a saberlo? Si no tuvieras la cabeza en el culo notarias que nada de lo que pasa aquí es normal, ¿habías visto alguna vez a esos enfermeros que ayudaban a los pacientes a evacuar? ¡No son enfermeros! ¿Por qué prendieron la alarma de fuga antes del incendio? ¡Debemos escapar y escondernos! ¡Tenemos estos horribles uniformes de locos! ¡Busquemos dónde escondernos! Es más: yo voy a buscar donde esconderme, tú verás si quieres confiar en mí o no.

Genis sigue corriendo hacia el pueblo.

Andy la sigue.

19
Traición y redención I
(Liliana / Victoria / Lauren)

—¿Lauren? ¿Preciosa? ¿Dónde estás? —pregunta Liliana, pisando un juguete que chilla de forma estridente que la asusta por un momento—. ¿Lauren? ¡Agh…! ¿Ahora dónde se metió esta niña?

Las persianas entrecerradas dejan colar la luz de la tarde por las ventanas, iluminando la habitación a través de delicadas líneas que parecen entonar con la armonía de los ágiles pasos de Liliana. La mujer se mueve como una ligera mota de polvo flotando en el caos, desplazada por el viento al ritmo que marcan sus pisadas. Sus movimientos son elegantes e impredecibles, incluso en medio de la brusquedad de su afán. A lo lejos, una tetera suena en la cocina. Liliana interrumpe intempestivamente su labor y se dirige inmediatamente a apagarla, volviendo sobre sus pasos. Vuelve un rato después con un pequeño biberón morado.

—¿Lauren? —llama una vez más, ahora un poco más preocupada.

El silencio reina y, nerviosa, se dirige a la puerta de la entrada. Está perfectamente cerrada. Aliviada, pero no por completo, continúa caminando con prisa mientras agita el tetero, hacia la parte más alejada de la casa. Se dirige al jardín interior que está separado del solar por una cerca de madera, complementada con una malla de alambre que construyó su esposo a regañadientes hace menos de un mes. Una pequeña risa infantil la detiene y la mujer cambia su rumbo hacia ella. ¿Cómo no se le ocurrió buscar en su habitación?

—¿Bonita? Hora de tu merienda —la mujer dice con un paso firme y una sonrisa que se desdibuja tan pronto entra a la habitación y es reemplazada por un gesto de horror que la paraliza por un momento.

Lauren está sentada en las piernas de un hombre más o menos de mediana edad, delgado, pero en buena forma, vestido enteramente de negro, con una corbata blanca; lleva un broche de plata en forma de cruz en la solapa derecha del saco. La elegancia de la imagen ante sus ojos solo es superada por el temor ante la imponente y aterradora presencia ante ella. Liliana sabe que esos trajes son malas noticias y las malas noticias están arrullando a su pequeña hija en ese momento.

—¡Siéntate, Liliana! Estás en tu casa. Conversemos un rato —le dice el hombre posando sus ojos negros sobre ella, con calma, solemnidad y diplomacia.

Liliana no necesita decir palabra alguna. Su mirada de preocupación suplicante lo dice todo. Da un par de pasos dubitativos hacia adelante, a lo que el hombre le responde:

—¡No te preocupes! La niña está perfectamente cómoda conmigo, ¿verdad, corazón? —dice con suavidad mientras la pequeña, distraída, juega con un pequeño gatito de peluche. El hombre le hace cosquillas y la niña se ríe—. Tienes una hija preciosa… y muy amigable. Ni se inmutó cuando me vio. Se ha comportado como todo un angelito, ¿verdad, corazón? ¿Quién es una buena niña? —le pregunta a Lauren con una voz infantil y una sonrisa casi paternal que hace que el corazón de Liliana dé un vuelco y que su estómago se sienta como si estuviera en caída libre.

Liliana se sienta en frente del hombre con cautela. Se puede oler su miedo a cuadras, pero sus movimientos son sobrios y ágiles. La mujer, haciendo su mejor esfuerzo por aparentar la calma, se aferra al cristal que está colgando en su cuello y lo arranca de forma disimulada mientras se sienta. Pone sus manos en su regazo, empuñándolas suavemente con el cristal aprisionado entre ellas. Puede sentir su vibración y cómo se calienta con el contacto de su piel.

Con sus ojos ardiendo en furia, tiene que hacer lo posible para contener las lágrimas. La habitación está completamente iluminada con la luz de la tarde, pero ante sus ojos hay un velo de tul oscuro que se la va tragando de a poco. El silencio permanece, Liliana mira al hombre fijamente sin parpadear y este, al ver que su interlocutora se niega a decir palabra alguna, se ve obligado a dar el primer paso. Rompe el silencio en el que están envueltos, dando la impresión de que solo existen ellos dos en la habitación, en la casa, en el mundo.

—Estoy aquí porque estamos dispuestos a negociar. Estoy seguro de que sabes perfectamente de lo que estoy hablando —la ira de Liliana se traslada de sus ojos a sus mejillas, quemando con un calor intenso y haciendo que enrojezcan. Siempre fue una mujer muy transparente, difícilmente le hubiera ido bien jugando al póker de haberlo intentado—. Como ya sabrás, queremos velar por los mejores intereses para ambos bandos.

—¡Al grano, por favor! —dice Liliana con voz seca y firme, sin subir demasiado la voz para no asustar a la niña y sin retirar su mirada afilada como un centenar de alfileres.

Le encantaría atacar a ese hombre, pero sabe que tiene que jugar sus cartas con mucho cuidado. Están en época de sequía, su energía es limitada y no sabe cuántos otros hombres cubiertos de muerte acompañan a quien aprisiona a su pequeña hija en sus brazos en este momento. No obstante, sí tiene una certeza: el hombre no está solo, y si se atrevió a cruzar sin aviso las puertas de su casa, tampoco estará desprotegido.

—Un tercio del pueblo. Es todo lo que pedimos para construir nuestra carretera. Podemos ayudarlas a expandirse hacia la montaña e, incluso, nosotros mismos costeamos los materiales y la mano de obra para que la transición sea lo más fluida posible. El pueblo no se va a ver reducido en tamaño y, con una vía de acceso tan cerca, el turismo y el comercio se van a ver incrementados. Es un trato más que justo. Nosotros pasamos nuestras exportaciones por acá, ustedes ganan más dinero e influencia. Incluso, podría asegurarte que nosotros les estamos dando aún más beneficios de los que nos correspondería.

Su voz sonaba benevolente, condescendiente incluso, pero la amargura en la garganta de Liliana le advertía que la escena no tenía ni un ápice de amistosa.

—Si ustedes sienten que es un trato tan desbalanceado y no van a salir tan beneficiados, ¿para qué insistir tanto si ya nos hemos negado tantas veces? —preguntó ella.

—¿*Nos*? Solo falta tu firma y la de tu esposo. El alcalde, la mesa directiva y… la mayoría de los integrantes de ese comité tan especial ya accedieron. Así que no entiendo por qué tanta resistencia de tu parte —el hombre hace un pequeño gesto de asco en la palabra "especial", un gesto que nadie hubiera notado, nadie más que Liliana que percibía con sentidos que iban más allá de los ojos.

—Una carretera aquí rompería con el equilibrio. ¿Cuánta naturaleza tendríamos que destruir? ¿Cuántos cultivos de nuestras flores morirían en el proceso? Es un precio muy grande para cualquier "beneficio" que ustedes puedan ofrecernos.

—-Los productos de nuestros asociados tienen que pasar por esa parte del pueblo de todas maneras, pero transportarlos por las montañas puede tomar hasta una semana más. Con lo que nos ahorramos, podemos, incluso, invertir en este pueblito pintoresco y ayudarlo a alcanzar su gloria máxima. Una gloria conseguida con métodos puros, unos que no ofendan al Señor.

—No metas a tu Dios en un asunto en el que solo está jugando la ambición y la sed de poder. No se puede servir a dos señores al mismo tiempo. No se puede servir a Dios y al dinero y funciona tanto en tu caso como en el mío.

—Veo que estás instruida en la palabra. Tal vez tu alma no esté tan pérdida después de todo. Pero no. No se trata solo de eso. El progreso siempre viene de la mano de Dios. Quizás es una oportunidad para que el pueblo empiece de nuevo en santidad. Quizás es el momento perfecto para lavar todos sus pecados.

—¿Es esa su intención real entonces? —dice Liliana entrecerrando los ojos, con veneno en la voz—. ¿Imponernos lo que ustedes consideran correcto y "santo"? ¿Buscan deshacerse de aquello que desconocen por pura cobardía?

Liliana escucha cómo entra una llave en la puerta principal y empieza a girar. El sonido se reproduce en su cabeza en cámara lenta, a la vez que los vellos de su cuello y sus brazos se crispan. El pánico empieza a apoderarse de sus entrañas, como si ya no hubiera estado lo suficientemente asustada. Con una sutil sonrisa, el hombre desvía su mirada como un depredador que acaba de vislumbrar el intento fallido de una presa por huir. Ambos se quedan inmóviles, como estatuas, y el hombre se lleva un dedo a los labios mirando a los ojos de Liliana y luego dirigiendo su mirada hacia la criatura. Con la misma mano le acaricia la cabeza, notando que se ha quedado dormida en su brazo libre. El hombre, el monstruo con piel de hombre, la carga sin ningún esfuerzo ni dejo de cansancio y su apacibilidad hace de su abrazo, un lugar perfecto para dormir ininterrumpidamente.

Víctor entra en la casa y cierra la puerta tras de sí. Deja su maletín sobre la mesa de centro y el abrigo sobre el sofá. Suspira y se extraña por el silencio.

—¿Lirio mío? —dice mientras recorre el camino hacia la habitación principal—. ¿Amor? —sigue llamando al no encontrar a nadie allí—. ¿Lili? ¿Victoria? ¿Están en casa? —pregunta a medida que avanza.

Va a acercarse a la habitación de Lauren, pero nota que la puerta del jardín está abierta. Liliana nunca dejaría la puerta abierta. Extrañado, se acerca y la cierra. Algo se siente fuera de lugar, pero no logra adivinar lo que es. Entra de nuevo a la cocina y se sirve un vaso de agua. Empieza a beberlo mientras toma el periódico y el lápiz que hay sobre la mesa. Salta directamente a la sección de los pasatiempos. Ya es muy tarde para leer las noticias moribundas del día. Trata de poner su vaso de vidrio sobre el mesón sin prestar mucha atención y este termina cayendo y estrellándose estrepitosamente sobre el suelo. El fuerte sonido hace eco en la casa. Un eco ahogado de inmediato por el llanto de la niña. El ruido la despierta. El hombre que la acuna en sus brazos empieza a arrullarla sin descolocarse ni emitir un solo sonido. Víctor, aún más extrañado, se apresura hacia la única habitación que, quién sabe por qué, no revisó. Cuando se acerca a la puerta, ve a su esposa petrificada en la esquina contraria, con los puños cerrados, dando la sensación de que podrían empezar a sangrar en cualquier momento, y nota las lágrimas sobre su rostro compungido en un gesto de impotencia y frustración. Víctor se asusta y, antes de empezar con la cascada de preguntas que brotaban de su mente en ese momento, mira a su izquierda y descubre el origen del estado de su esposa.

—¿Lirio? ¡Qué bonito! —dice el hombre en tono burlón mientras con un gesto, le señala a Víctor un pequeño espacio en el baúl de juguetes sobre el que está sentada su esposa, invitándolo a sentarse.

Víctor quiere reaccionar y arrebatarle a este hombre a su hija de los brazos, con la premura con la que la alejaría de las fauces de un animal salvaje. Una mirada analítica le basta para persuadir a su instinto protector. El hombre, de forma muy hábil, disimula una aguja cerca del cuello de la niña con la mano con la que la había estado arrullando todo este tiempo. Con paso derrotado e impotente, Víctor procede a sentarse junto a su amada, sintiendo, cada centímetro más cerca, la energía que la mujer ha acumulado lastimándose los puños y la presión con la que guarda cada onza en el cristal de su mano. Como todo brujo debidamente entrenado, puede percibir la acumulación de energía inestable emanando de la piedra, que da la impresión de poder explotar en cualquier momento y que, por fortuna, el invitado indeseado no parece haber notado.

El esposo, entregado en cuerpo y alma a su esposa, tanto en la cotidianidad como en cualquier cosa que decidiera en ese momento, se sienta de forma torpe y descuidada. Tiene que acomodarse para no caerse, pero Liliana no se inmuta, no se mueve un solo milímetro, y no parpadea. Una mirada de reojo basta porque para ellos solo basta una mirada para saber lo que piensa el otro.

"Vamos a salvar a nuestra hija, cueste lo que cueste".

En un gesto de aceptación, el cónyuge rodea con su mano el puño en el que Liliana resguarda el cristal. El trato está sellado. El momento de intimidad, paradójicamente eterno y etéreo, se ve interrumpido por la voz de la sombra con rostro que está sentada frente a ellos. En contraste, esta vez se sintió estridente, aunque nada en su tono ha cambiado.

—¡Bienvenido, Víctor! En tu ausencia, estaba conversando con tu lirio para ayudarla a entrar en razón. Para que acceda a dejar entrar la abundancia y el progreso a este pueblo —ahora el tipo suena como un vendedor, seguro, persuasivo y sofista.

—Creo que ustedes y nosotros tenemos una visión muy diferente de lo que la abundancia significa.

—Esperaba que tú fueras un poco más razonable, pero supongo que un alma corrupta corrompe a otra… y a todo lo que toca.

El hombre se levanta sin dificultad con Lauren en brazos. Víctor trata de levantarse abruptamente y Liliana abre su mano vacía, moviéndola por primera vez en lo que parece toda una vida, para detenerlo. El hombre del traje ha empezado a enterrar la aguja en el cuello de la niña, sujetándola con firmeza y poniéndola inquieta. Tan pronto la niña comienza a llorar, el hombre saca un radio de su bolsillo con la mano libre para decir una pequeña plegaria:

—¡Conviértase la tierra, en un paraíso de abundancia, tal y como nos lo ha prometido el Señor!

De inmediato, la puerta del frente y la del jardín se abren de forma brusca. Entran tres hombres por cada flanco, dos de ellos con túnicas blancas. Todos portan unas inquietantes máscaras blancas, inexpresivas y con pequeños adornos en relieve, con ojos en negro y una costura en la mitad que solo los hace más intimidantes y aterradores. Los ojos de Víctor se abren en pánico y Liliana cierra los suyos con fuerza, dejando caer sus lágrimas y agachando la cabeza con resignación. Intenta tomar aire tan profundamente como puede. Con desconsuelo y profunda preocupación, ambos se miran y miran hacia el frente, tomándose de la mano. Sin pronunciar palabra alguna se disponen a liberar toda la energía acumulada en secreto en el interior del cristal empuñado, que probablemente les costará más de lo que pueden pagar. El hombre los mira y les dice con un aire pesaroso, forzado e hipócrita.

—¿Todo esto por una simple firma? ¿Por un mísero campo de flores? ¿Sacrificarse a ustedes mismos y a sus amigos por una causa perdida?

Los ojos de Liliana se abren con plena consciencia ahora. De repente, se da cuenta de que su casa no es la única que ha sido invadida. Muchas otras en el pueblo lo fueron. No hay nada que ellos puedan hacer ni precio que puedan pagar. Con o sin firma, conocen las intenciones de su chantaje, y son plenamente conscientes de que el desenlace va a ser el mismo. No hay posibilidad alguna de que puedan salvarse a sí mismos o a nadie más. Rodeados por una súbita aura rojiza, Víctor aprieta su mano sobre la de su esposa y la mira con un profundo dolor en sus ojos.

—¡Adiós, mi Lirio!

Bajo una mirada de inmensurable amor y tristeza, la energía acumulada en el cristal se libera de forma repentina, desintegrándolo y lanzando a tres de los hombres contra las paredes, dejándolos inconscientes. De inmediato, los que tienen las túnicas blancas, de forma simultánea y ágil, disparan dardos a la pareja, que cae inconsciente sobre el suelo. El hombre le entrega a la pequeña niña, llorando y forcejeando, al único sin túnica blanca que queda en pie, y procede a dar instrucciones:

—Átenlos y revísenlos bien. Desnúdenlos y acomódenlos sobre el suelo. Esperen a que despierten. La purificación debe hacerse con ellos conscientes. Solo a través del dolor y del sufrimiento podrán purgar sus pecados y despertar mañana en las puertas del Reino de los Ciclos.

El hombre sale y ve como muchos de sus hombres están saliendo de otras casas. No hace falta reconocer las manchas de sangre casi invisibles en sus trajes negros para saber lo que acaba de pasar. El pueblo apesta a miedo y muerte, y la calle parece un mar de sombras blancas y negras que caminan de allí para allá. Pero aún está ella, Victoria, cuyo cuerpo de trece años guarda un alma vieja y el conocimiento que muchos de los amigos de sus padres no dimensionan aún. Es una prodigio en términos de brujas y de mundanos.

Victoria, entre matorrales y callejones, avanzando poco a poco para llegar a su casa.

Su hogar está completamente rodeado por una oscuridad que va más allá de los trajes de sus guardias. Inteligentemente, la pequeña se escabulle y entra por una pequeña abertura, cubierta por una piedra suelta que está en la cocina. La niña la usa constantemente para escaparse un rato y jugar afuera, creyendo que sus papás no lo saben. Sus padres fingen no saberlo para no matar su inocencia y siempre tienen un ojo sobre ella para asegurarse de que esté a salvo… o bueno, tenían…

Victoria se asoma a la sala con cuidado. El día está casi extinto y el cuerpo de sus padres está sobre el suelo en medio de un charco de sangre. Una piedra de río junto a la cabeza de cada uno y una cama de flores rotas que los rodea. Un lirio descansa sobre el pecho de su madre de forma descuidada, con un pequeño objeto dorado que no se alcanza a distinguir a gran distancia, pero que Victoria, horrorizada, reconoce. Se trata del broche que su madre siempre llevaba sobre el lado izquierdo de su pecho. Los hombres con las túnicas blancas leen la biblia, cada uno frente a los cadáveres desnudos y desprolijos, llenos de moretones y abolladuras. Victoria se cubre la boca con su pequeña mano que de inmediato se empapa con el torrente caliente de lágrimas que brotan de sus ojos. Le cuesta respirar y su vientre se convulsiona en jadeos desesperados, en gritos ahogados que desgarrarían la naciente noche si pudiera permitirse emitir sonido alguno. La pobre niña no ha empezado a recuperar la compostura cuando escucha el leve llanto de su hermana. Es claro que le hicieron algo. La bebé está dormida, pero aún está consciente.

—¿Y con ella qué hacemos? —pregunta el hombre que la tiene en sus brazos.

—Las maldiciones son generacionales. No importa lo que haga esta niña, siempre va a estar manchada con el pecado de sus padres —responde inmutable otro de ellos.

—Pero… es una niña... —dice incrédulo otro de ellos. Parece aterrado por la brutalidad de lo que ha pasado.

—No es una niña —le dice el primero—. Es una semilla de impureza que no podemos dejar florecer.

Victoria, entendiendo el significado de estas palabras y llena de furia, se levanta y corre hacia ellos con todo el odio que puede llegar a tener su pequeño ser. Dentro de sí, hay un maremoto de sentimientos que no logra comprender, evocados por el miedo de presenciar el escenario que la rodea, uno que parece salido de sus peores pesadillas. Con cada mano, saca los cristales que su mamá ponía siempre en sus bolsillos antes de que saliera de casa "solo por si acaso", y en plena inocencia, está dispuesta a entregar su alma, y todo lo que tiene, para vengar a sus padres y proteger a su hermana. Todo en su cuerpo le grita que no lo haga, pero las voces y gritos instintivos de advertencia que inundan sus oídos se terminan reduciendo a un simple ruido de fondo. De repente, una marea de voces desconocidas, borrosas y desfasadas, se sobreponen a todo lo demás:

—*Tu vida y tu muerte, y todo lo que ello conlleva, todo aquello que le pertenece a tu alma, por esfuerzo, derecho o privilegio, te será arrebatado. No vivirás, no morirás, estarás atrapada dentro de ti misma, en un limbo entre existir y no existir. Le estás dando la espalda al equilibrio y a todo lo que representa por motivaciones banales y egoístas, así que el mundo y el equilibrio te darán la espalda a ti.*

Y la niña tiene que quererlo con toda su alma, porque los hombres en la habitación caen al suelo, muertos, sus cuerpos resecos como hojas de otoño y sus túnicas ennegrecidas. Victoria cae sobre sus rodillas, con la mirada en blanco, la boca entreabierta y lágrimas corriendo por sus mejillas, pero que ya no corresponden a sentimiento alguno. Su hermana cae al suelo también, con la mirada borrosa y sintiendo debilidad en su pequeño cuerpo de bebé.

—¡Vic… ky! —esa es su primera palabra, y la última que dice ese día, antes de caer dormida.

Pasa al menos una hora antes de que alguien más entre por la puerta principal.

Victoria, que ha permanecido en la misma posición todo ese tiempo, no se percata de la nueva presencia. Pasos firmes de tacones empiezan a inundar la sala, llegando a la habitación que acaba de presenciar la tragedia, y la mujer que los lleva puestos se agacha para recoger el broche que yace sobre el pecho desnudo de Liliana. Se lo pone en el lado izquierdo de su abrigo y fija su mirada sobre el lirio de la escena. Pensativa, una sutil y mordaz sonrisa surge en su rostro; le parece irónico que esa flor mancillada se burle de todo lo que ha significado Liliana en vida: pureza, belleza, alegría, felicidad, y amor; ahora todo está reducido a un lirio un poco menos roto que el cuerpo sin vida de la mujer.

Hasta el momento, ella tampoco se ha percatado de la presencia de Victoria, no por descuido, sino por la sentencia que la niña está condenada a cumplir de ahora en adelante. A la mujer solo le basta dar un segundo vistazo a la escena para entenderlo todo.

La niña ahora es una quemada.

No se puede mentir a sí misma. Un dejo de culpa y vergüenza le pesa cada vez más dentro de sí porque sabe que ella es la causa de todo esto. Entiende como debió sentirse Judas, cómo debieron sentirse los dictadores que lo hicieron todo por su pueblo. Por supuesto, ella lo hace por el pueblo… o eso quiere creer, después de todo, el cambio siempre trae repercusiones, y si ella puede verse beneficiada por sus buenas acciones, no va a negarse a ello. De eso se trata el equilibrio después de todo.

De pronto, su concentración se ve interrumpida por el inesperado y desgarrador llanto de Lauren. La mira, primero confundida, y luego con una furia que podría hacer temblar la casa hasta los cimientos.

—¡¿Qué…?! ¡Tú tendrías que estar muerta!

Una nueva ola de obviedad cruza por su mente: el sacrificio de Victoria incluye la protección de la vida de su hermana. La mujer se sienta en un mueble junto a los cuerpos fríos de los que antes fueron sus superiores, y piensa por un rato. Repasó cada escenario en su cabeza, calculadora y estratega como siempre, hasta que al fin suspiró y se dijo a sí misma:

-	¡Está bien! No importa. Algo se me ocurrirá en el camino.

Una joven Miriam, menos elegante pero igual de imponente y rígida, se pone de pie, toma a la niña en sus brazos y se la lleva, arrullándola para que se calme, dejando detrás de sí al cuerpo sin mente de Victoria y a la escena de horror que se recordará por años en Turó de Lesbruixes, pero de la que nadie querrá volver a hablar jamás.

***

Años más tarde, una Lauren adulta está enfrentando el día más difícil de su vida.

Espera en la salida del túnel que da al bosque. Está sentada sobre una piedra, sin perder una pizca de finura y sin esconderse, una decisión bastante arriesgada teniendo en cuenta la vorágine en la que está sumida el pueblo. Se siente como si ya no tuviera nada que perder. Para su sorpresa, ve a Karina a lo lejos, tratando de llegar con dificultad al punto de encuentro sin ser notada. La mira confundida, pero pronto se siente frustrada.

Aunque ambas se criaron juntas, Lauren jamás pudo verla como una hermana, pues la misma Miriam se había encargado de ello. Apenas podía sentir una mezcla de simpatía y hastío por la joven, quizás hubiera algo de cariño, pero más que nada había recelo: siempre eran comparadas, tratadas diferente, odiadas y despreciadas en formas tan individuales y creativas que nadie más que Miriam podría lograr.

Cuando Karina al fin llega, la saluda con la cabeza y sigue con su camino, adentrándose más en el bosque. Aún más confundida, Lauren la sigue, y caminan en silencio al menos unos cuarenta y cinco minutos, antes de llegar a una cabaña abandonada. Karina mira para todos lados con paranoia, y cuando se cerciora de que nadie las sigue, abre la puerta y le pide a Lauren que entre primero. Entra después de ella y cierra tras de sí con seguro. Con gran impaciencia y cruzando los brazos, Lauren se para frente a Karina y le pide que sea breve y concisa. Con su hermana perdida y Martin desaparecido, no tiene mucho tiempo que perder. Karina respira profundo y, evitando el contacto visual, empieza a hablar:

—¡Todo lo que está pasando en el pueblo es mi culpa! —a la pobre se le hace un nudo en la garganta y se le quiebra la voz.

—¿De qué estás hablando? —pregunta Lauren entrecerrando los ojos y ladeando un poco la cabeza hacia un lado, sospechando a medias lo que ella está a punto de confesar.

—¡Yo los ayudé! Yo les di la información, yo los guie y hasta les enseñé los mapas del pueblo. Fui yo. ¡Todo esto es mi culpa! —dice ahogada en llanto. La mirada de furia y el agudo silencio de Lauren la obligan a seguir hablando—. Ellos me dijeron que el pueblo corría peligro, que todos corríamos peligro y que, para detener la furia del equilibrio y que todo volviera a su balance, había que quitarle el poder a madre. La corrupción siempre ha estado bajo nuestras narices. Ella y sus aliados han estado usando nuestra magia para sus propios propósitos egoístas. Es por eso que estamos en crisis. Pero yo no creí… yo no sabía…

—Que ibas a desatar un baño de sangre —completó Lauren anonadada, casi sin aliento.

—¡No lo entiendo! ¡Si hago caso a madre, llevo al mundo a la ruina, y si me pongo contra ella, también! Las prácticas que madre ha realizado en estos años… ¡tú no tienes ni idea de lo que pasa en el hospital! ¡Se experimenta con pacientes! ¡Se usan como baterías para cargar poder mágico y a veces como sacrificios privados! ¡Alguien tenía que detener tal monstruosidad, por eso llame a sus asociados, pero no esperaba que *ellos*…!

¿Quiénes son *ellos*? Lauren no está lo bastante interesada en el aquelarre como para comprender sus jerarquías y funcionamientos. Conoce lo esencial, pues lo suyo es trabajar en el hospital y aprender bajo la tutela de Miriam, al menos hasta su próximo cumpleaños. Miriam le prometió que cuando cumpla los treinta tomará una posición en el aquelarre, la misma de su madre, y le ayudará a encontrar una forma de salvar a su hermana Victoria y a las otras quemadas.

Victoria… ¿Dónde está Victoria? En medio de toda esta locura, aún no la ha encontrado, y ahora tiene a quién dirigir su ira. Sus ojos se inyectan en sangre y su sola mirada hace que cada célula en el cuerpo de Karina se crispe. Antes de que Lauren termine de reaccionar, en un mero impulso de supervivencia, Karina le dice, con voz acelerada y palabras torpes:

—¡Espera! ¡No es el momento! ¡Tienes que ver a alguien! —Karina se intenta cubrir como si la cabaña le fuera a caer encima.

Lauren espera inmóvil y en silencio mientras Karina abre una escotilla en el suelo de la que emerge Martin. El rostro de Lauren se transforma. El alivio inunda sus facciones, pero su posición sigue siendo firme. Martin corre hacia ella y la abraza.

—¡Lauren! ¡Maldita sea! Creí que te había pasado algo. Creí que te había perdido. Yo… Tenía mucho miedo. ¡Lauren! ¡Lauren!

Lauren sigue en shock y un par de lágrimas humedecen su rostro. Aún no corresponde el abrazo de Martin hasta que él por fin se separa un poco, la mira a los ojos y la besa con un anhelo que ella no había sentido antes. Por fin la chica reacciona y lo besa de vuelta. Se separa y lo mira de arriba a abajo para abrazarlo de nuevo, como si intentara cerciorarse de que la escena no fuese producto de un sueño. Se hunde un momento en su hombro, como para reunir fuerzas y recobrar la compostura, y se reincorpora lentamente, sintiendo como si el peso del mundo recayera de nuevo sobre sus hombros. Luego mira a Karina, que todavía está sosteniendo la pequeña puerta y esta le hace indicios de que se asome, disimulando la sutil sonrisa que le produjo la escena que acaba de ver. Lauren entrecierra los ojos para acostumbrarlos a la oscuridad y ahí la ve, agazapada y chasqueando lentamente, con la mirada fija en la pared y un pedazo de pan en su mano derecha, colgando en el costado de su cuerpo.

—¡Victoria…! ¿Pero qué…? ¡Explica! —le dice Lauren a Karina de forma seca y directa, con un enojo envuelto en confusión mientras camina por la habitación, buscando con qué mantener la escotilla abierta para no perder a su hermana de vista.

Martin quiere empezar a hablar y a hacer preguntas, pero Lauren lo mira y, con una mirada de ternura de la que Karina no la había creído capaz antes, le hace señas de que espere un poco. Luego, su mirada se desplaza a Karina.

—Yo liberé a Martin y le puse un encantamiento para que llegara a esta salida. Madre organizó una brigada para encontrarlo… si lo encontraba, notaría rastros de mi magia… supongo que yo podría estar muerta ahora. Por suerte, yo llegué a él primero y pude liberarlo antes de que alguien más lo encontrara. Dejé un conjuro que se activaría con tu presencia nada más. Yo solía venir aquí para huir de madre cuando estaba muy enojada… aún vengo a veces. Y no se me ocurrió otro lugar para esconderlo. En cuanto a la quemada —Lauren la fulminó con la mirada—, la chica…

—Victoria. Se llama Victoria —la corrige Lauren, con paciencia esta vez, puesto que sabe que ese trato es parte de lo que su hermana vive en el pueblo. Según lo que Miriam le dijo, es su castigo por haber querido amasar demasiado poder y haber desafiado al equilibrio, pues su ambición la llevó a ese punto. ¿Cómo puede decirse tal cosa de alguien que ha cometido un error a los trece años?

—Victoria —corrige Karina de forma tímida—. Nos siguió de lejos todo el trayecto, por alguna razón. Es una conducta muy rara para… —Karina duda un poco porque sabe que no debe llamarla así de nuevo—. Para alguien como ella.

Karina tiene razón, es una conducta fuera de lo normal. Pero otros asuntos apremian en ese momento. Lauren, con un tono más neutral y tranquilo le pregunta:

—¿Por qué no entregaste a Martin? Habrías quedado como la heroína. Quizás habrías obtenido la aprobación que tanto has estado buscando por parte de Miriam.

No era la intención de Lauren lastimar a Karina, pero claramente lo hace. La joven responde en un dejo decepcionado y dolido, con la cabeza abajo y una pequeña lágrima solitaria recorriendo desde su ojo hasta su mentón:

—Ambas sabemos que esa aprobación nunca va a llegar —la tristeza en su voz hace que Lauren quiera disculparse de inmediato, pero no lo hace. La chica limpia su mejilla, levanta la mirada y agrega de forma firme—. Aunque me arrepiento de haber ayudado a esos bastardos, sigo sin estar de acuerdo con lo que mi madre hace… con lo que ha hecho. No puedo permitir que sacrifique a este joven para hacerse más poderosa.

—¿A qué te refieres? —pregunta Lauren impaciente—. ¿Qué es lo que Miriam ha hecho?

Karina mira a Lauren fijamente. Por primera vez en muchos años, hay firmeza y determinación en esa mirada, pero también dolor y vergüenza. Karina le ofrece un cristal a Lauren, uno muy raro de ver, uno que contiene información del pasado y que, probablemente, conllevó el uso de magia muy avanzada. ¿Karina es una bruja tan poderosa? ¿Desde cuándo?

Karina la guía a un mueble cercano. Lauren toma el cristal entre sus manos, se concentra y cierra los ojos. El objeto comienza a brillar y, pasado un rato, Lauren lo deja caer sobre el suelo y llora desconsoladamente.

20
Traición y redención II
(Miriam)

Miriam camina sigilosa entre el intrincado sistema de túneles bajo el pueblo buscando un lugar seguro junto con los altos miembros del concilio que logró convocar en esta caótica situación. Una de ellos ilumina el camino con uno de sus cristales del cual emana una bella luz azul, lo suficientemente fulgurante para no llamar mucho la atención mientras descubre el camino frente al grupo. El plan de la altiva líder del aquelarre es ponerse a salvo, reunir la mayor cantidad posible de energía para amortiguar la sequía y hacer su mejor esfuerzo para solucionar las cosas. Sabe que el pueblo está bajo amenaza, pero nunca se habría esperado un ataque de tal magnitud. Los túneles no están llenos de humo aún, pero sabe que el incendio de la mansión convertirá los pasadizos en un río de ceniza asfixiante movida por las corrientes de aire y magia que circulan a través de ellos.

Miradas de confusión y reproche recaen sobre la mujer de parte de sus compañeros, pero los reclamos tendrán que esperar, como mínimo, hasta que encuentren un lugar seguro. Los símbolos de protección que se extienden por las paredes de piedra están ahora cubiertos de… ¿Rojo? ¿Es algún pigmento o es sangre? No, no hay tiempo para averiguarlo.

El grupo logra llegar a su destino. Con esfuerzo, abren la pesada puerta de madera que da al sótano del San José de la Pradera. Con cuidado, la cierran y se encaminan hacia los pisos de arriba.

Pretenden llegar a la oficina de Miriam, pero no es sino hasta que llegan al Ala A que notan el silencio que inunda todo el hospital. No hay un solo sonido, un respiro, nada. La isla de enfermeras está sospechosamente vacía y la puerta que da hacia el área de pacientes está abierta de par en par. Con la pululante sospecha y la ansiedad a flor de piel, Miriam decide adentrarse ágilmente para evaluar la situación, solo para encontrar todas las puertas de los cubículos abiertas y las camas vacías. No queda un solo paciente, no queda alma alguna dentro del imponente y ya lúgubre edificio.

—Y ahora… ¿qué vamos a hacer? —decide romper el silencio una mujer de voz gangosa que da la impresión de que ha fumado por más de una vida—. ¡Hemos perdido otra fuente de magia! ¡Primero las flores y ahora los pacientes!

Miriam no responde. Parece ser presa de la ira, la impotencia y la frustración que le corroen las entrañas y la dejan con poco qué decir. La falta de control sobre la situación la hace sentir inferior, ridiculizada.

No hay pacientes, Martin se escapó, el evento fue interrumpido… están completamente desprotegidos y dependientes de los cristales, o bien de hechizos de alto riesgo, que podrían suponerles la pérdida de décadas, si no la vida entera. Los atacantes saben lo que están haciendo, las tuviesen meticulosamente estudiadas. A medida que suben por las escaleras, a través de las angostas ventanas se puede ver mejor cómo se alzan las llamas a lo lejos, en el centro del pueblo. El panorama parece propio de un videojuego, pero el lejano olor a ceniza y madera quemada, tan real, alcanza a llegar hasta ellos.

—No hay tiempo que perder. Tenemos que llegar a mi oficina y tomar los cristales de reserva que tengo guardados allá —es lo único que atina a decir, apurada, después de un silencio largo, sepulcral.

Las mentes de sus acompañantes están llenas de preguntas, pero se limitan a seguirla en silencio. Por primera vez, la Miriam estratega que conocen parece haberse quedado sin respuestas. Todos y cada uno de los pasillos parecen desiertos, así que cruzan todo el recinto con facilidad. Tan pronto llegan a su destino, Miriam inspecciona desde afuera y hace que dos de sus seguidores entren antes que ella. La mujer se queda parada bajo el marco de la puerta por un momento, presenciando el caos en su oficina: cajones abiertos, carpetas en el suelo y un mar de documentos rasgados cubriéndolo todo. Miriam trata de recobrar la compostura y mira hacia el cuadro que cubre la pared detrás de su escritorio. Un retrato de ella misma, sentada sobre un mueble negro y rodeada de flores carmesí, sosteniendo un lirio que se posa sobre su regazo. El cuadro parece intacto, lo que logra tranquilizarla un poco. El silencio que refleja el vacío de la habitación hace que el grupo baje la guardia. Miriam se encamina con paso acelerado hacia la pintura cuando la puerta tras ella se cierra de golpe.

—¡Cuánto tiempo sin verlos! —dice de forma socarrona la sombra que parece salir de la nada y empieza a caminar de forma elegante hacia la silla que la mujer suele usar como trono—. ¿Cuántos años? ¿Unos veinte?

Miriam se crispa como un gato, reconociendo ese rostro y esa voz a los que los años no parecen haber hecho más que hacer más sombríos. Esa presencia que recuerda como una de las más aterradoras de su juventud, quizá de su vida entera. Sus acompañantes, un hombre y una mujer, por un momento se quedan helados, y se ponen en posición defensiva.

—No, no, no —dice el hombre, cuya cabellera blanca contrasta con el oscuro traje que cubre su cuerpo—.¡Adelante! Siéntense, por favor —pide mientras les señala con un engañoso gesto de amabilidad el sofá que se encuentra del otro lado de la habitación.

Su líder asiente sin apartar la mirada de la intimidante figura, y ambos, de inmediato, siguen sus instrucciones. Miriam siente que le falta el aire. ¿Cómo pudo no haber sentido su presencia? ¿Tan comprometidas estaban sus reservas personales? ¿Podría esto arruinar todo su plan?

—Si mal no recuerdo, la última vez que nos vimos fue por una causa en común. Por una amiga en común, ¿verdad? —enfatiza el hombre con una complacida sonrisa que logra verse a pesar de su máscara, que está rota en la boca.

—¿Qué es lo que quieres? ¿Qué pretenden con todo esto? —atina a decir Miriam sin poder esconder la enardecida furia que la misma falta de poder le causa—. Tienen su carretera y han podido gozar de nuestra cooperación. Teníamos un maldito trato. No esperen que mantengamos la tregua después de lo que están haciendo.

Una carcajada, afilada y sonora, rompe la calma inquietante de esa noche iluminada por la luna y por el fuego. Una carcajada inesperada que logra exaltar a Miriam y aumentar incluso más la sensación de impotencia que inunda su cuerpo, la habitación, y el pueblo entero.

—¿Tregua? —repite el hombre, divertido y sin perder la sonrisa—.Una tregua es un trato entre iguales y... francamente, ustedes no tienen mucho que ofrecer en la posición en la que están ahora.

—Juzgar por las apariencias puede llevar a tomar muy malas decisiones. Saben de lo que somos capaces, están jugando con fuego.

—¿Apariencias? ¿Acaso no estás viendo a tu alrededor, mujer? Todas, y cada una de sus lamentables defensas han sido neutralizadas. Debo decir que fue astuto ocultar sus puestos de vigilancia de esa forma, aunque a estas alturas lo único que sus trucos de magia nos causaron, fue risa. Y, ¡por favor! ¿En realidad pensaron que nos iban a asustar poniendo todos esos símbolos paganos alrededor y debajo del pueblo? Tienes que aceptarlo. La reina, ha caído. Y en la gloria del Señor, su imperio pronto caerá con ella.

Miriam voltea a ver a los miembros del concilio y luego a los tres Redentores.

—Nunca había pensado en lo agotante que es fingir.

Una fina sonrisa se asoma en la comisura de sus labios.

✳✳✳

Lauren está en shock y Karina decide darle un rato para que se calme. Martin está sentado a su lado, intentando tomar su mano de nuevo, pero la joven lo rechaza con un pequeño gesto. Ni siquiera le dirige la mirada, por lo que él, como de costumbre, empieza a sentirse rechazado. ¡Tan típico de su relación! Él siempre intentó disipar sus propias frustraciones pensando en lo natural que es que una mujer necesite espacio… pero Lauren sabe que no hay nada de natural en su relación.

El silencio reina en la casucha de madera. Karina camina inquieta de aquí para allá, pensando en lo que debería hacer después. El sonido ocasional de Victoria masticando rebota en las paredes de piedra y se hace apenas audible dentro de la cabaña, colándose por la abertura que une el lugar con los túneles.

—Se supone que yo tendría que matarte —dice Karina impaciente, como quien arroja al suelo un peso que ha cargado por kilómetros.

Martin y Lauren la miran desconcertados y Lauren, despertando de su ensoñación, la mira con el ceño fruncido.

—Mi madre… —dice Karina tratando de mantener la calma, pero con los ojos ya casi desbordados de ira y dolor—. Ella pensaba usarme como sacrificio. Sacrificar a tu propia hija sería el sacrificio más poderoso. Primero pensaba usarte a ti pero luego de… ese día… y de darse cuenta de que no podía hacerte daño físico y que matarte con magia era un boleto sin regreso para ser una quemada más, decidió usarme a mí. Ella nos crió para odiarnos y que al final, fuera yo quien te matara.

—Eso no tiene sentido —replica Lauren, presionando el puño sobre su frente, pero no se cierra a seguir escuchando.

—¿Nunca te pareció raro? A mí me enseñó magia toda la vida y a ti, que siempre has sido su favorita… —Karina no puede evitar que esa última palabra le lastime un poco el ego—. A ti no te permitió usar magia avanzada como la mía. Aun así, te prometió una mejor posición en el aquelarre y de dio un mejor cargo en el hospital que a mí.

—Eso es porque yo decidí seguir los pasos de mi madre. No usar más magia que la que me entregue la naturaleza misma, respetar los ciclos de la tierra y de todo ser viviente, y esperar a que…

—¿Hasta los treinta? ¿O más bien hasta que yo estuviera dispuesta a matarte? Yo nací un año después de que mi madre te adoptó y te consta que no he sido precisamente la hija más deseada y atesorada.

—Me estás diciendo que eres "la elegida para matarme" —Lauren hace un gesto con las manos, adoptando un tono sarcástico—. ¿Y ahora cómo quieres que confíe en ti? Además, ya crece, Karina —Lauren se frota las sienes con los dedos medios de ambas manos—. Esa rivalidad entre nosotras no era más que una treta infantil. Ni tú ni yo somos tan importantes o *especiales* para ella. Sólo piensa en sí misma.

—¡Maldita sea! ¿Se te olvidó ya lo que acabas de ver? —Karina alza la voz con impaciencia, dándole un golpe al mesón de madera contiguo, cuyo ruido reverbera a través del material. Lauren se sobresalta por un momento, pero sigue intentando mantener su espíritu serio y racional por naturaleza.

—¿Y qué si este cristal también es un engaño? Puede ser una ilusión. Alguien tratando de manipularnos, y claro que tu ingenuidad…

—¡DEJA DE SER TAN IDIOTA LAUREN! ¡PAGUÉ VEINTE AÑOS DE MI VIDA PARA HACER EL HECHIZO QUE NOS PERMITIÓ VER ESTO! —grita al fin, temblando, como si fuera a romperse en pedazos. Lauren abre los ojos como platos y se frota el mentón mientras la realidad la golpea en la cara. Todo se le viene a la mente de golpe, como si muchas piezas y fragmentos de su vida empezaran a encajar—.¡No te atrevas a llamarme ingenua! ¡Todo esto estuvo en tus narices por mucho tiempo y ser la marioneta de Miriam no te dejo verlo! —concluye Karina con amargura y sus emociones a flor de piel.

21

Rios de sangre
(Charlotte / Ana)

La noche se tornó roja por el fuego y la sangre. La luna azul adoptaba un color púrpura, eclipsando el dolor y la penumbra de un pueblo que siempre deseó enterrar sus más oscuros secretos.

Charlotte sentía cómo si su corazón estuviera cubierto por espinas que laceraban su poder interno y cortaban su respiración; confundida por lo acontecido trataba de entender por qué estaba inmersa en esto.

—¿Quién es usted? ¿Jefe de policía Vélez? —Charlotte se apartó tratando de identificar la figura que se había posicionado en el lugar.

—¡Pobre tonta ingenua! ¡Sigues siendo la misma mujer indefensa de siempre! —Vélez soltó una risa irónica. En su rostro no había más que burla y odio—. ¡Supe lo de Noah! Es una pena… el muchacho era *taaaaan* bueno… ¿o no?

—¡NO SE ATREVA! —el cuerpo de Charlotte se encendió en furia de nuevo. Las lianas de Hanna se deshicieron en poder mágico y la propia Hiedra Venenosa fue empujada hacia atrás. Ana se aproximó a su hermana. No podía reconocer a su padre en ese hombre de ahí.

—Eres una tonta, ¿sigues creyendo en él? —se mofó ante la inocencia percibida—. Viviste engañada todo tu matrimonio. Él sólo vino a hacer su trabajo. Tú no eras nada en su vida. Se casó contigo porque le pareció sencillo, ¡una tonta que casualmente era parte de una de las familias más antiguas del pueblo! Matamos a muchas brujas gracias a él. Es más, mira —se acercó con sevicia—, ¡ese caos en el pueblo es todo gracias a su información! Incluso limpiamos tanto pecado de tus padres. Pobres, ¡hubieras visto sus caras de terror y sus ojos suplicando piedad!

—¿De qué estás hablando? —contesta Charlotte con voz aguda, entre sollozos y desespero mientras le clavaba su mirada desafiante pero dubitativa. Repasaba en su mente rubro por rubro cada momento de su vida, preguntándose si realmente conocía al amor de su vida. Noah era el hombre de sus sueños, con quien había jurado amarse eternamente. No sabía en ese momento si lo que había vivido era real o si sólo había sido un espejismo creado por ella misma para sentirse amada y plena—. ¿Quién era Noah?

Su cuerpo vibraba con rapidez tratando de contener la ira que estaba a punto de desatarse. Sentía que no podía canalizar todo lo que su alma estaba sufriendo, y mucho menos el poder que estaba absorbiendo de la sangre derramada en la mansión. Su mirada se transformaba poco a poco, no quedaba ni una pizca de luz en su interior. Era desgarrador solo verla. Sus ojos destilaban muerte y destrucción, su brillo se opacó y sus pupilas enardecieron cargando el odio que dejaba ver como la sombra de la que había huido siempre, ahora se calaba en cada pieza de su cuerpo, mente y espíritu sin tregua alguna.

Charlotte tenía sed de dolor, sed de justicia. Ahora entendía el propósito de estar en ese momento, tenía que vengar la muerte de su familia, tenía que recuperar la sangre derramada de su linaje. El hombre que había considerado su lugar seguro la había traicionado, y aquel que había enterrado a sus padres ahora se burlaba en su cara. ¿Cómo había podido Noah hacer algo así? ¿Cómo no había sospechado en ningún momento de él? Siempre se había mostrado como un ser maravilloso… la miraba a los ojos haciéndole el amor y le decía que la amaba, pero ahora entendía que jamás lo había hecho. Ella sólo era una pieza más en su juego.

El amor se convertía en odio mientras Charlotte repasaba sus momentos vividos con Noah. Tomó su relicario entre los dedos y lo miró con desprecio, asqueada por la falsedad de su amado y derramó todo su contenido, recitando con firmeza y como un ritual de condenación:

—¡Tu sangre será maldita y la de tu linaje también lo será! ¡Tu alma no podrá descansar en paz! —conjuró. Ana sintió miedo y angustia al entender las palabras que salían de la boca de Charlotte.

—¡No hagas esto! ¡Charlotte! ¡Esto es más grande que nosotras! ¡Para!

—Déjala, es peligrosa —intervino Hanna mientras abrazaba a su hermana.

—¡Cállate maldita! —su mirada se elevó y sus ojos se clavaron intensamente sobre Hanna—. Tú no tienes nada que decir.

Se acercó velozmente sobre ella y la tomó nuevamente del cuello, con tal violencia que empezaba a dejar marcas sobre este. Sus ojos se llenaron de fuego fijando su mirada e intentando introducirse en su mente como una niebla oscura. Quería controlar cada sentido, hacer que cada fragmento de su cuerpo se destruyera poco a poco. Quería que ardiera en el infierno como ella estaba ardiendo. Hanna trató de librarse, pero no tenía un poder comparable al suyo. Débiles rosas brotaban a su alrededor y apenas lograban rozar a la enfurecida bruja.

Ana no sabía qué hacer. Necesitaba que Charlotte se detuviera.

Tomó una espina de las rosas que brotaban en el suelo y se lanzó sobre Charlotte.

—¡NO SEAS TONTA! —enterró la espina en su dorso, provocándole un dolor insoportable y permitiéndole a su hermana liberarse. Charlotte se alejó desconcertada, sintiendo el afecto de Ana por Hanna y volviendo en sí.

—¡PERDÓN! ¡EL PODER! ¡ME CONSUME! ¡TENGO QUE IRME!

Se tambaleó hacia el lobby y luego hacia la salida del castillo, su mente aún poseída por tantos momentos vividos junto a la persona que se había robado su corazón y había contaminado sus entrañas. Recordaba la primera vez que vio sus ojos, cómo su mirada reflejaba una fogata que abrasaba dentro; era un hombre tan atractivo y sagaz que hizo arder su alma y cuerpo desde el primer momento. En su mente pasaba la imagen una y otra vez de esa tarde que compartieron su té favorito de Cheescake de Chocolate leyendo la condesa sangrienta, ¡era tan único! ¡tan elocuente en sus palabras! ¡tenían tantas cosas en común!

Aún podía sentir en su piel cómo las manos de Noah acariciaban su rostro en el amanecer, cómo caminaba tomando su mano por los rosales, y cómo le hablaba con su dulce voz, diciéndole que la amaba; recordaba cómo su sonrisa la contagiaba del antojo de amar cada día, de entregarse a él completamente… los orgasmos fugaces en el auto, cómo sus besos poco a poco sellaron sus heridas. Noah la había conquistado con una sonrisa, con una manera intensa de querer, adueñándose de su cuerpo, haciéndola estremecer de placer, cabalgando… de sus ojos brotaban lágrimas de dolor, de duda y de desacierto, ¿cómo era posible que el antídoto que curó cada parte de su alma era el mismo veneno que ahora la consumía lentamente?

Charlotte continuaba caminando en dirección al pueblo, afectando todo aquello que pasaba a su alrededor. Lesbruixes se sentía desolado, los cielos sangraban y las calles se tiñeron de rojo por el líquido escarlata que caía con ímpetu. El pueblo sentía la ira y el dolor de la bruja, y la bruja absorbia la sangre y la muerte que la carnicería de los Redentores había dejado atrás.

El ambiente estaba lleno de desilusión, tanta que respirar costaba, respirar dolía. Los suelos empezaron a agrietarse y las aves empezaron a morir súbitamente cayendo como cuervos anunciando el apocalipsis, y su sangre llegaba a Charlotte. El olor dulce que expulsaba el río de flores que acompañaban los espacios empezó a disiparse, ahora era inundado por un olor nauseabundo, reflejando la podredumbre que estaba experimentando su confundido ser. Todas las calles rocosas y elegantes se convirtieron en un desolado cementerio de restos. Todos aquellos que estaban a su paso cayeron al suelo estremecidos de dolor, pues sus órganos empezaron a estallar uno a uno, como si su sangre no pudiera esperar para ser absorbida por Charlotte. ¡Maldito hechizo!

La sangre corría como un riachuelo, el poder de la bruja carmesí estaba desatado, iracunda de dolor, odio, y más que nada de desilusión. Todo lo que encontraba a su alrededor seguía desmoronándose, como si el pueblo, su hogar, estuviese tan vivo como su alma. Las paredes de las casas dejaban ver manchas y rastros del suplicio que estaba sintiendo Charlotte en su interior.

Todo a su paso era un caos, el día del juicio final había llegado.

Charlotte llegó al centro del pueblo y por un momento se detuvo a observar la iglesia, vio cómo parte de la estructura del Arcángel San Gabriel que estaba en lo alto de la edificación estaba fracturada y bañada en sangre. Empezó a reír de forma macabra confundiendo su ira con perversión y sumergiéndose en un vacío profundo.

De pronto, se escuchó a lo lejos una voz dulce que buscaba traerla de vuelta.

—¿*Chacha*? ¿Estás viva? ¿Tú…? ¡Amor! —pero la voz se perdió en medio de la locura y el desastre.

Su abuela había emergido de la iglesia y se acercaba lentamente a ella. Charlotte estaba inmersa en su perdición y enfado, cerró los ojos y se concentró en cómo su alma se laceraba y fragmentaba en cientos de diminutos. No escuchó el llamado de la anciana más, sólo escuchaba el ruido incesante que atravesaba su mente y el dolor que carcomía su interior. Veía gotas de sangre suspendidas en el aire, dibujando un torbellino rojo a su alrededor. Su abuela se retorcía, sus ojos derramaban lágrimas de sangre, y entonces Charlotte volvió en sí.

Abrió los ojos y contempló a su abuela pereciendo, deshaciéndose en sangre que se integraba al cuerpo de Charlotte. Las campanas de la iglesia resonaron de repente y todo el mar de sangre que yacía suspendido se decantó sobre los suelos generando pequeñas cascadas que confluían dentro de la plazuela, mientras Charlotte entendió que acababa de terminar con la vida de la única persona que le quedaba. Se tendió en el suelo para abrazarla, pero ya era demasiado tarde, su poder se había llevado sus restos mortales.

Cegada por el dolor, permitió que sus lágrimas corrieran por los suelos y viajaran por los canales del pueblo cubriéndolo con su sufrimiento y dolor.

Charlotte escuchó pasos: una multitud se acercaba al rio de sangre, y ella no quería matar a nadie más. Corrió como alma en pena por las callejuelas de Turó de Lesbruixes y se perdió en la oscuridad.

I put my armor on, show you how strong I am
I put my armor on, I'll show you that I am

Sia – Unstoppable

—Eres uno de ellos, papá. ¡Tú le hiciste esto a nuestro pueblo! —gritó Ana, furiosa.

—¡Nunca confié en ti! ¡No pienses que le harás daño a tu hija! Ella tiene una hermana ahora.

—¿Y qué piensas hacer tú para protegerla, niña? —respondió Vélez con asco en su mirada—. Estás sola. Sólo te apoya mi querida hija, a quien tu madre no enseñó nunca a usar su magia… pensaba que podía "protegerla" de nuestro mundo, ¡y ya ves, *querida hijastra*! ¡Eso tampoco funcionó!

Ana sintió una corriente de energía subiendo por su cuerpo, algo desconocido, pero tan familiar que podría jurarle a su padre que se estaba equivocando. Sin embargo, todavía quedaba un poco de aquella carrera que había estudiado para entender la mente humana y mientras su padre seguía en su monólogo, introdujo un pensamiento en la cabeza de Hanna:

«Distráelo, creo que sé cómo solucionar esto; él se está cuidando de ti, no de mí».

Hanna recibió el mensaje de Ana en su mente y se sorprendió.

—Haré lo que tenga que hacer para cuidarla a ella, a nuestra madre y a todo nuestro aquelarre —Hanna hizo brotar las mismas espinas que había invocado contra Charlotte, esta vez con más fuerza, pero Vélez se abrió la camisa y reveló un cuarzo cristal maestro. Hanna comprendió que la magia no podría tocarlo.

—Te lo dije niña. No puedes hacer nada. Esta batalla no se gestó en dos días. Hemos estado esperando este momento desde hace décadas y por fin, nosotros, los Redentores de Dios, tendremos nuestra recompensa.

—¿Por qué hiciste esto papá? —hizo una pausa—. ¿Debería llamarte así? Siempre presentí que nos odiabas en secreto, aunque mi madre nunca me habló mal de ti, pero su deseo de no hablarte, de no incluirte, de evitar nuestro contacto al máximo hablaba más fuerte que cualquier palabra.

—Para tu fortuna, soy tu padre —en su prepotencia, el ego no le permitía ver lo que se avecinaba—. Para mí desgracia, al final de toda misión siempre hay sacrificio y tú eres el mío, Ana, pero mi Dios merece toda la honra —volteó para llevar toda su atención hacia su hija, sacando un crucifijo de su bolsillo—. Sacrificar a una hija: ¿hay un mayor sacrificio que ese?

Ana sollozó.

—¿Cuándo cambiaste tanto? —le preguntó con lágrimas en los ojos—. ¡Eras diferente! ¡Un día te convertiste en otra persona!

Vélez rio.

—Un redentor llega al pueblo y se enamora de una bruja… ¡qué patético! ¡Realmente era mi deber morir y renacer como una nueva persona! ¿Qué hace un hombre de Dios con una mujer de sangre maldita? ¡Qué blasfemia! ¿Cómo pudo hacerlo? Cuando abrí los ojos las abandoné, ¡no soy tan tolerante como Noah para quedarme con ella y hacerle el amor en el auto! ¡Qué tipo tan comprometido con la causa! ¡O a lo mejor era un pervertido de closet que disfrutaba esas cochinadas que hacía con Charlotte! —soltó una carcajada sonora. Se apretó el estómago para aguantar la risa—. ¡Tampoco entiendo a los Redentores! Esos tipos son unos ridículos. Son hombres de Dios, pero construyen el escenario perfecto para nosotros.

Hanna desistió de lanzar su poder mágico. Estaba perdiendo sus fuerzas en vano. Pero Ana ya había reunido toda la energía que tenía guardada en su interior, que no había usado en treinta años. Supo que podría hacer algo.

La corriente mágica salió de su cuerpo y se manifestó en luz de colores, verde, azul y abundante negro. Vélez la miró con suficiencia, pero Ana no dirigió su poder mágico hacia él: apuntó al gran candelabro del techo y lo haló para que este descendiera sobre el hombre, como un proyectil de vidrio, acero y justicia divina que atravesó el cuerpo del hombre y desperdigó su sangre por todas partes.

Ana cayó al suelo, ahogada. El poder mágico que había liberado terminaría por matarla.

Y entonces, una voz vino desde el candelabro:

—¡Tonta! ¡Ahora te convertirás en una quemada! —comentó Vélez, levantándose como si nada hubiera pasado, retirando lentamente las barras de metal clavadas en su pecho y estómago como si no fueran nada, y luego los vidrios rasgaban su piel sin siquiera hacer una mueca de dolor—. Y tú, haz lo que quieras. No podrás salvarla —dijo mirando a Hanna mientras caminaba hacia la puerta del castillo—. Matarte ahora sería evitar que sufras la muerte de tu hermana. No tengo tanta misericordia en mí como para hacerlo.

Hanna lo miró marcharse, completamente horrorizada y con los pelos de punta, y lirios blancos arropaban la piel de Ana, cuyo cuerpo no podía resistir tanto poder.

—¡No! ¡Por favor! ¡NO! —Hanna se apresuró a llenarla de poder mágico. No podía perderla… no a su hermana…

Y Ana exhaló con dificultad. Los lirios se desvanecían y la mujer volvía a la vida. Hanna rompió a llorar, comprendiendo algo impensable. La magia de ambas había vencido el mayor miedo de todas las brujas: habían evitado que una de ellas se convirtiera en una quemada.

¿Era gracias al poder mágico de ambas, el amor entre hermanas, o tal vez el equilibrio no era tan infalible ni definitivo?

22
Nigromante
(Francesca)

Luces destellantes, recuerdos intrusivos y múltiples imágenes que parecían distorsionar la realidad… todo parecía combinarse en su mente que poco a poco recordaba aquello que había olvidado por mucho tiempo. ¿Era la ausencia de las flores que siempre habían estado presentes, en todas partes y ahora habían sido destruidas por los redentores? ¿Era el balance roto en la magia del pueblo lo que hacía que lo que fuera que hubieran puesto en su mente fallara?

Francesca murmuraba de forma casi inconsciente, sin comprender del todo sus propias palabras:

—¡Maldita seas, Miriam! Prometiste que le dejarías libre. Hice todo lo que pediste a pesar que nada tengo que ver con ese patético clan tuyo que "protege" el equilibrio, esa balanza que tú misma quebrantaste desde que ostentaste la perpetuidad de un estúpido poder.

La bruja abandonó el edificio en dirección al pueblo, aún en su ropa del evento.

Tenía frío, pero sus pensamientos se hacían más febriles y ardían. Canalizaba algo más que su propia mente.

—Pobre joven. La hicieron creer que les había colaborado a los redentores cuando absolutamente todo ya estaba cuadrado. ¡Estúpida jefe! Se le olvidaron las condiciones que implica haber pactado con aquellos que nos quemaron en las hogueras: el mismo destino de los templarios. Siempre la idea fue resignificar la palabra malversada del maestro que tan solo fue un humano más que supo cómo conectar con su campo, con su energía, ese mismo que creyeron el salvador cuando tan solo es el mismo ángel caído que procuró la libertad de los demás. Te convertiste en una de ellas, una traidora más. Eres la verdadera quemada de este pueblo. La inquisición ha vuelto por tu culpa —refunfuñaba intentando controlar su mente de aquellos recuerdos y pensamientos que alcanzaban su glándula pineal.

Paso tras paso el dolor en el pecho le embargaba, haciendo quite a cualquier pensamiento razonable que pudiese promover en su propia cognición. Las lágrimas caían de sus ojos como torrentes desbocados al haber dado rienda suelta al flujo de agua de cualquier represa.

Y un viejo recuerdo llegó a su mente.

***

Francesca tocó la puerta.

—Pase usted.

—¡Francesca! ¡Qué gusto ver que ha atendido a nuestro llamado!

—Gracias. Me han informado que requieren de mis conocimientos para el ejercicio y práctica de los juegos, los cuales me han comentado que se llevan a cabo en una importante reunión consecutiva dentro de las festividades.

—Así es. Disculpe mi falta de cortesía. Soy Miriam, directora del hospital donde nos encontramos, gran inversora y promotora de los avances tecnológicos en Turó de Lesbruixes, ¿su nuevo hogar? —dijo Miriam, ambivalente, causando un leve escalofrío por la columna de la invitada que rio suavemente.

—Con calma, Miriam. Entenderá que tengo mi vida entera en la capital. Sería complicado trasladar mi vida de un momento a otro a un lugar tan apartado de los espacios que frecuento, aun así, vamos a lo importante. Cuénteme, ¿qué es aquello que me escribió que me sería comentado una vez estuviésemos frente a frente?

—Verás, señorita, hemos realizado una amplia investigación sobre usted. No solo sabemos que es la mayor exponente del burlesque en representación de nuestra nación, que es un punto de referente dentro de la comunidad BDSM y todas estas cosas que son de fácil acceso para cualquiera que tenga un teléfono —Francesca le dedicó una mirada de impaciencia—. Sin más rodeo, tenemos entendido que usted ha desarrollado un tipo de práctica energética, mal llamada "magia", que acopla a su cotidianidad permitiendo que realice sus prácticas esotéricas por fuera de un aquelarre y por ello es que la requerimos aquí con urgencia.

—¿Qué? ¡Momento! ¿De qué me habla? Lo lamento, pero no les voy a colaborar en ninguna práctica de esa índole —respondió de forma contundente y se levantó para retirarse del lugar.

—¡Señorita Francesca, espere! —Miriam pidió—. ¡No es lo que cree! ¡También hago lo mismo que usted! Soy versada en el tema, tan solo comprendo que no tengo el conocimiento pleno y que usted realmente podría colaborar a la evolución de este pueblo. Al menos permítame exponerle la propuesta que tenemos. Sabemos que puede ser invasivo lo que te dije, aun así, me ha solicitado que dijera las cosas como son.

Ante dicho enunciado, como si hubiese caído en hipnosis accedió ante lo que parecía una súplica. El resto de aquella reunión es un recuerdo intermitente para sus participantes.

Lo que allí se habló fue un misterio, y más los acuerdos a los que se llegó.

¿Los hubo?

***

Francesca corría colina abajo hacia el pueblo. No sabía qué hora era, pues su celular se encontraba en poder de los anfitriones. No podía comunicarse con nadie ni pedir ayuda: estaba sola con sus recuerdos, pensamientos, su dolor y gallardía; era ella con sus sombras y demonios. Su corazón se detuvo un momento al llegar a la escalinata empedrada que daba paso de las fincas al pueblo. Paso a paso sintió la electricidad en el aire, en sus cabellos y fue bañada por una extraña cobertura mágica rojiza.

Emitió un velo de poder mágico para protegerse. Algo no andaba bien, sentía un poder creciente en algún lugar cercano: alguien estaba absorbiendo cantidades obscenas de magia.

Sus tacones resonaban mientras descendía cada escalón, y el panorama pasaba del verde oscuro de los invernaderos cubiertos al asfalto mojado por la reciente lluvia. La belleza aromática de Turó de Lesbruixes jamás carecería de hermosura, ni siquiera en la noche más oscura: petunias por aquí, lirios por allá, algunas plantas de ruda y rúgula, tomate cherry, arándanos, fresas y albahaca. La multiplicidad de olores inundaba sus pulmones en deleite.

Pero ahora escuchaba ruido y gritos ininteligibles. Francesca supo que podría estar corriendo peligro y prefirió avanzar a gatas. Al fondo veía a los encapuchados reunidos. Se encontraba en cercanía de aquellos que se encargaban del trabajo sucio de la iglesia. Ella no sería precisamente alguien de su agrado, mucho menos en ese atuendo. ¡Malditos hipócritas!

—¡Malditas sean! ¿Dónde han ocultado las semillas de nuestras plantas? —se quejó un viejo, desesperado.

—Tranquilo sacristán. Hace mucho tiempo que les hicimos creer que esas flores eran oriundas de acá, con el tiempo dejaron de sospechar el plan que teníamos —respondía el otro con soberbia y un aire de superioridad.

—Santidad, ¿qué quiere usted decir? —preguntó el sacristán.

El otro se aclaró la garganta:

—Desde que Miriam subió al poder, les hicimos creer a los lugareños que la flor era una rara especie en peligro y que protegerla era importante para el gobierno. Lo que no sabían era que requeríamos perfeccionar esta maravillosa planta. ¡Claro! Proteger una planta les daría la protección del gobierno, y para nosotros era todavía más conveniente. Así ellas cultivarían la planta, harían estudios de todo tipo y ayudarían a nuestros líderes a desarrollarla con nuestros fondos. ¿Qué mejor que estos suelos fértiles?

—¿Por qué las destruimos si son tan maravillosas?

El sacerdote le dio una palmada en el cuello.

—¡Para que no las usen hoy contra nosotros, estúpido! Tras décadas, el Supremo evidenció que los estudios de la herborista fueron fructíferos y que ahora tenemos un gran poder en nuestras manos. Parte del plan de hoy, más allá de matar a esas brujas es llevarnos unas muestras y eliminar las plantas para que nadie más las tenga. Estas flores no son sólo plantas curativas, ¡se puede controlar a otros con su poder! ¡Se puede destruir países enteros con su poder! Son plantas venidas del mismo infierno. ¡Jamás hubiéramos sabido hasta qué punto de no ser por estos patéticos pueblerinos!

Francesca sintió cómo un escalofrío bajó desde sus sienes, cruzando por su columna vertebral hasta la última falange de sus pies. Estaba furiosa. ¿Controlar? ¿Era por eso que su casa estaba llena de flores? ¿Era por eso que ni ella ni Estela recordaban cuándo y por qué habían venido aquí?

Estaba lívida de rabia, pero no podía dejarse ver. Como si supiese de estrategias militares, avanzó agachada hasta el césped y clavó su pecho en la tierra. Sabía que estaba en peligro, pero tenía que buscar a Estela; no podía abandonar a su amiga en este lugar que moría ante sus ojos.

Avanzó por detrás de las casas. Los pies le pesaban, sentía la espalda como si cargase una tonelada de piedras… se sentía agotada y aterrada, y su sangre entró en ebullición cuando sus ojos divisaron lo que había en el centro de la plaza del pueblo.

En la iglesia se alzaban cruces de madera y estacas que sostenían los cuerpos de varias docenas de personas, algunos ya fallecidos y otros desnudos, en agonía. Otros, amarrados y vendados, desnudos y llorando, eran preparados para la crucifixión:

—¡El sufrimiento purgará vuestras almas, hermanos! ¡Inocentes y culpables! ¡Arrepentíos ahora de haber ofendido a su creador y acepten el dolor y la muerte como la oportunidad de redención que de otra forma les sería negada! —rezaba un sacerdote.

—¡AMÉN! —respondió un coro de redentores.

Francesca sintió escalofrío. ¿Cómo era posible que cometieran un acto tan barbárico?

Pero algo heló la sangre de Francesca de golpe.

—¡AUXILIO! —era la voz de Estela—. ¡NO ME HAGAN ESTO! ¡SÓLO SOY PSICÓLOGA!

Un grupo de redentores arrastraba a Estela hacia la fila de personas que crucificarían después.

—¡UNIRSE CON UNA BRUJA SIGNIFICA CARGAR CON SU PECADO!

Sin esperar más, Francesca actuó.

Si bien la bruja iba en contra de cualquier tipo de tortura contra los animales, incluyendo los de la especie humana, usó el riachuelo de sangre y dibujó un círculo de transmutación en el suelo. Murmuró encantamientos que no creía recordar, que no se había visto obligada a usar desde hacía décadas, pero que pondrían a esos malditos en su sitio: hoy, Turó de Lesbruixes conocería la nigromancia.

—¡AUXILIO! ¡ELLA NO...! ¡FRANCESCA NO ES...! ¡AYUDA!

Estela gritaba, y Francesca estaba lista para desatar el hechizo más poderoso que toda esta escoria iba a ver en su vida, pero alguien más entró en escena.

—¡Suelten a esa inservible! —gritó Miriam, que caminaba con un paso más elegante y confiado del que Francesca hubiera esperado—. La bondad de perdonar al menos unas vidas glorifica y da sentido a nuestro propósito, además, esa mujer me fue de ayuda durante muchos años en el hospital. Un ajuste disciplinario será suficiente.

Estela cayó al suelo de rodillas y los redentores la levantaron de nuevo.

—¡Mira este producto! —Miriam sacó un tubo de ensayo con un polvo rojo y se lo mostró a Estela—. ¡Ya verás qué maravilla! ¡Este es uno de los invaluables resultados de nuestro pequeño experimento en el pueblo!

Miriam sopló el polvo en la cara de Estela y esta cambió completamente.

—¡Ve y ayúdanos a encontrar al chico o a su hermano! ¡Haz algo de provecho! —le dijo, y Estela se marchó hacia el pueblo, completamente ida y sin regresar la mirada a su compañera y mejor amiga.

Francesca no podía creerlo, pero la verdad estaba frente a sus ojos: Miriam había orquestado la masacre de los suyos.

Soltó un grito de furia. Su cuerpo se elevó del suelo y levitó sobre el círculo de sangre que ahora era gris, y una magia muy poderosa se liberó en el pueblo.

Los primeros en despertar fueron los crucificados, cuyos cuerpos se movían estrepitosamente, superando el rigor mortis, y se arrancaban de las cruces de madera para caer al suelo y reptar como depredadores, listos para cazar a los vivos. Los redentores soltaron chillidos y gritos de horror, pero Francesca no tendría piedad con ellos: los aldeanos en las calles también se levantaban torpemente del suelo, arrastrándose como bolsas de piel, músculo y hueso.

El aura de Francesca resplandeció en gris; sus ojos se hicieron blancos como la muerte, y los cuerpos sin vida danzaron a su alrededor, dispuestos a seguir su voluntad, a cumplir con sus órdenes… y deseosos de impartir justicia sobre aquellos que habían arrebatado vilmente sus vidas.

Y los muertos se abalanzaron sobre los vivos, que los alejaban con sus antorchas, les disparaban con sus armas de fuego, pero no lograban hacerles daño alguno.

—¡HORA DE VIVIR LA RETRIBUCIÓN! —bramó Francesca.

Cada movimiento que la nigromante hacía era replicado por sus vasallos. Cual directora de orquesta empezó a dirigir el exterminio de aquellos que habían destruido el pueblo. La sangre salpicaba el suelo, los trozos de carne y piel caían y eran consumidos por los muertos y, cualquiera que hubiera visto a Francesca, hubiera pensado que orquestaba la sonata del diablo de Paganini. La sangre en vez de correr por el lugar parecía alimentar a cada sirviente de esta bruja y hacerlo más poderoso. La fuerza de los muertos era descomunal. En vez de *zombies* eran como demonios que desmembraban pedazo a pedazo, arrancaban ojos, lenguas, sexos, dedos, y piernas, decorando el lugar con entrañas. Los redentores no tenían dónde esconderse. Miriam, en cambio, permanecía intocable por su vasto poder.

—No esperaba menos de usted, señorita Francesca. ¡Qué justiciera y sádica! Sabía que realizaba distintas prácticas, pero, ¿necromancia? ¡Jamás me lo esperé! No fue parte de la información compartida en aquellas reuniones que tuvimos, esas que seguramente no recuerda gracias a nuestra planta —la elogió Miriam.

—¿A qué te refieres Miriam? ¿Esta bastarda es aquella mujer que querías asesinar para sustraer su energía y poder duplicar sus habilidades? —preguntó un hombre que llegaba a su lado.

***

Pocos años después de aquella reunión, Francesca estaba de nuevo en esa oficina.

No recordaba por qué había decidido quedarse a vivir en Turó de Lesbruixes en primer lugar, pero, fuera cual fuera la razón, allí había conocido a Estela, una compañera incondicional, y ya no estaba dispuesta a irse.

—Francesca, por favor, toma asiento. En los últimos años a nuestros empresarios les han surgido ciertos inconvenientes con las personas que suelen venir a jugar. Como te dije, sabemos mucho sobre ti. Ahora, el problema es que esto nos ha venido salpicando y tengo entendido que hay una serie de pasos a seguir al realizar estas actividades de divertimento social. Es preciso decir que frente a estas actividades hemos evidenciado algo maravilloso que se produce y ha sido todo un desperdicio —sin siquiera intervenir, Francesca dejó que su interlocutora continuara—. Tanta acumulación energética proveniente del Chakra Raíz y no darle un fin o destino debe estar en contra del equilibrio. Es una completa abominación.

—Momento, ¿de qué equilibrio hablas? ¿Qué es eso? —interviene finalmente con agotamiento.

—¿Cómo que no conoces el equilibrio? Pensé que, con el vasallaje, con tu conocimiento en estas prácticas sabrías al respecto. El equilibrio es aquello que permite la armonía de existencia, dar y recibir, recibir para dar, es un sentido de equivalencia perfecta. Entonces, para mayor prosperidad debemos dar como ofrenda algo más a ese *ether* del equilibrio. Son matemáticas y llana lógica.

Para Francesca cada palabra emitida por esta mujer era un compendio de desfachateces. No sabía de qué secta había sacado tales creencias, pues hablar únicamente desde una despersonalización y tercerización de los procesos era de las peores atrocidades que alguien podría decir. Oía palabra a palabra lo que salía de la boca de la señora y no entendía de qué forma podría intervenir o colaborar. Tan solo recordaba los momentos de introspección que tuvo que vivir para llegar a este día. Todo parecía un balbuceo hasta que al fin la mujer le expuso que quería su acompañamiento para poder dejar de realizar sacrificios de humanos para alimentar a su pueblo, para que sus campos fuesen cada vez más fructíferos. Cansada de las atrocidades escuchadas, tan solo pudo proponer que construyeran un mecanismo que les ayudase a canalizar toda la energía que circundaba para transformarla y usarla en este aspecto benéfico del pueblo.

El deseo de salir corriendo de aquel lugar lúgubre que sentía tan solo le drenaba, y bueno, propio era de cualquier vampiro energético que realizaba lo que estuviese a su alcance para mantener la atención de quienes le rodeaban, creyéndose más que los demás, al punto de malear lo que le rodeaba y a quienes le rodeaban para que se comportaran tal cual fuera su designio. Era consciente que estaba hablando más de lo que debía en cada respuesta brindada, pero, no había nada que en ese momento estuviese a su alcance para detenerse. Estaba segura de haber querido decir, que eso que aquella llamaba "el equilibrio" estaba completamente desdibujado, pues la atención de la armonía debía emerger de cada individuo, con un trabajo de introspección profundo, y pretender obligar al universo a una reciprocidad forzada era un sistema condenado a la destrucción.

Pero Francesca no se fue del lugar.

Francesca nunca se fue.

Y tampoco recordó lo hablado en esa reunión.

***

El jefe de policía Vélez estaba junto a Miriam, con una sonrisa socarrona y un extraño resplandor en sus ojos.

—¿Qué tal si le refresco la memoria Francesca? —preguntó Miriam.

—¿Qué…?

—Vaya a su casa. *Elle* está ahí.

Y Francesca lo recordó vagamente mientras las lágrimas amenazaban con derramarse por su rostro como una cascada. *Elle,* su *amade…* era la razón, el punto débil que Miriam había utilizado para obligarla a quedarse en el pueblo.

—¡Miente! ¡*Elle* está en un país lejano!

—No lo está. Ha estado al alcance de mi mano todo el tiempo. Sabía que algún día le necesitaría para tenerla bajo control, Francesca. Ahora, lárguese y búsquele. Habrá redentores deseosos de terminar con la vida de alguien tan… peculiar, ¿o no?

—¡Gobernador! ¡No lo esperábamos por acá! —dijo Vélez con gran sorpresa, ignorando a Francesca y a los muertos que ahora permanecían quietos, sin deseos de lucha y sangre igual que su conjuradora.

—¡Eres un desgraciado Vélez! ¿Cómo dejaste que hicieran semejante desastre?

—Cierto… ahora tengo que matarte —comentó Vélez perezosamente.

Francesca escuchó un disparo desde lo lejos. Corría hacia su casa a toda velocidad, llorando, maldiciendo el momento en que había venido a Lesbruixes.

Llegó a su casa.

Dos redentores entraban y eran atacados por sus gatos, pero estos los empujaban y los lanzaban lejos con facilidad.

—¡CON MIS BEBÉS NO, HIJOS DE PUTA! —rugió y sus ojos lloraron sangre plateada. Un cuerpo que caminaba tras Francesca voló hacia los dos hombres y los derribó, y una imagen que Francesca siempre había creído imposible apareció frente a sus ojos:

Su amade estaba allí, encadenado en el piso como un retorcido regalo para ella. Sus ojos golpeados, pero con una sonrisa que le decía lo que ella necesitaba oír:

—Tú acaba con esta gentuza que aún huele a placenta y no te preocupes por mí.

Y Francesca le respondió en voz alta:

—Cuando esto acabe, hablaremos largo y tendido.

<h1 style="text-align:center">23
En el fin del mundo
(Herrera / Andy)</h1>

La procesión se acercaba a la plaza y Herrera corría en sentido contrario, en busca de un lugar dónde esconderse. Las llamas se extendían por todo el pueblo como un rio, y negras nubes de humo y ceniza se alzaban por todas partes. Las manos del policía temblaban, ¿dónde estaba Axel? ¡Maldita sea! ¿Por qué su compañero no podía ser más prudente?

Se agazapó detrás de la iglesia y avanzó a gatas entre los arbustos, suplicando al cielo que nadie lo viera. El resplandor naranja alcanzó el centro del pueblo y los extraños personajes en túnica blanca hicieron un círculo alrededor de la plaza.

—¡El día del reconocimiento ha llegado a este pueblo de brujas y pecadores! — gritó uno de ellos. Llevaba una ostentosa corona dorada. Los demás vitorearon haciendo exageradas reverencias—. ¡OREMOS!

Los presentes pusieron una rodilla en tierra y el de la corona extendió los brazos hacia el cielo:

—Cuando entres a la tierra que Jehová tu Dios te da, no aprenderás a hacer según las abominaciones de aquellas naciones.

La multitud respondió:

—¡Perfecto serás delante de Jehová tu Dios!

El de la corona continuó:

—No sea hallado en ti quien haga pasar a su hijo o a su hija por el fuego, ni quien practique adivinación, ni agorero, ni sortílego, ni hechicero, ni encantador, ni adivino, ni mago, ni quien consulte a los muertos, porque es abominación para con Jehová cualquiera que hace estas cosas, y por estas abominaciones Jehová, tu Dios, echa estas naciones de delante de ti.

—¡Perfecto serás delante de Jehová tu Dios!

Herrera aceleró el paso. ¿Qué clase de dementes medievales eran estos? ¿Perfecto delante de Dios? ¿No estaban destruyendo un pueblo entero justo en ese momento aunque la biblia prohibía explícitamente matar?

Entendió que estaba tratando con una secta de fanáticos y que necesitaba escapar y pedir refuerzos. Sacó su teléfono para comunicarse con la ciudad.

—¡Maldita sea! ¡NO! ¡AHORA NO! —maldijo por lo bajo al comprobar que, como pasaba a menudo en este pueblo de mierda, su teléfono estaba sin señal.

Se levantó del suelo y apretó el paso. ¿A dónde ir? ¿Tenía sentido ir a buscar a la boticaria con la que estaba Axel? ¿Cómo llegaría allí sin volver a la plaza?

No… no podía. Lo mejor que podía hacer era esconderse y confiar en que Axel se las arreglara para sobrevivir, donde quiera que estuviera. Axel también era un profesional entrenado así pareciera tan descuidado.

Se mordió el labio, angustiado.

Avanzó por las calles en llamas y sintió que su estómago se revolvía. Los habitantes gritaban en español y catalán, las familias se amontonaban en su huida del fuego, la destrucción y la muerte, y el camino estaba lleno de vidrio roto y escombros. Había cadáveres por todas partes, una familia entera yacía apuñalada por dagas plateadas, dejando tras de sí un charco de su propia sangre. Entonces Herrera notó que su estómago no era lo único que se revolvía; ahora su cabeza le daba vueltas, y después el mundo a su alrededor daba vueltas.

Frenó en seco, horrorizado y cayó al suelo. El silencio cayó sobre el pueblo, la oscuridad lo siguió, las llamas a su alrededor se apagaron y las voces que gritaban dejaron de gritar. Quiso gritar, pero su voz no salió de su garganta. ¿Qué era esto? Era como si una fuerza inimaginable, el poder de un dios hubiera descendido sobre el pueblo, furioso por lo que estaba sucediendo allí.

Nuevamente avanzó a gatas entre la densa oscuridad de la calle, se arrastró como pudo, y creyó estar en un sueño, levantó la vista y vio a una niña pequeña al final de la calle. Intentó pronunciar palabra, pero nada salió de su boca. La niña lo miró y entonces, algo inimaginable sucedió.

El cuerpo de la niña explotó. Salpicó la pared, el suelo y la cara de Herrera.

Ahora su voz si salió: un grito desgarrador se escuchó a la distancia.

***

Andy corría por las calles buscando a Genis. Las casas habían sido saqueadas y abandonadas, los muebles estaban en las calles, y el pueblo estaba inundado de sangre y cadáveres.

—¡GENIS! —gritaba, asomándose en una casa y en otra para no encontrar respuesta. Sin saberlo, se acercaba peligrosamente a la plaza del pueblo…

Estaba cubierto de barro, mareado, su ropa estaba rasgada y manchada de sangre y cenizas, pero eso no le importó: veía algo al final de la calle. Era una persona tirada en el suelo con el uniforme del hospital.

Deseó que no fuera ella, lo deseó fervientemente mientras avanzaba lentamente hacia ella.

—¡GENIS! ¿Qué te pasó? ¡RESPONDE!

Y mientras volteó el cuerpo sin vida se encontró con el rostro de su amiga. Salía sangre a chorros desde todos sus orificios: su boca, su nariz, sus cuencas vacías.

Su piel estaba helada.

Andy soltó el cuerpo y se recostó contra la pared en silencio, frente al cadáver de su amiga.

Se quedó allí varios minutos, confundido, aterrado… cuando el cuerpo de su amiga se sacudió violentamente. Era como si su cuerpo fuera recorrido por pulsos eléctricos.

—¿Genis? ¿Estás bien? ¿Tú estás…?

El cuerpo de Genis se puso de pie, contorsionándose de forma antinatural. Andy permaneció contra la pared, y vio cómo su amiga se arrastró con la cara contra el piso y se marchó en cuatro patas, hacia la plaza del pueblo.

Andy huyó en dirección contraria. Corrió y corrió en la oscuridad hasta que escuchó gritos:

—¡Auxilio! ¡Auxilio! ¡Suéltenme! ¡Auxilio!

—¡Cállate, tonta! —le respondió uno de ellos.

—Bah… déjala, sólo es cuestión de tiempo para que la droga haga efecto. Entonces quizás sirva para algo —dijo otro, mostrando un pequeño recipiente lleno de polvo escarlata.

Andy se detuvo y vio a la mujer que gritaba. Era Estela, y estaba rodeada de hombres en túnicas blancas. Sin pensarlo dos veces, el muchacho tomó una piedra de rio del suelo y fue al rescate.

—¡TOMA, HIJO DE PUTA! —gritó al golpear a uno de los tipos en la cabeza.

—¿CON UNA PIEDRA? ¡BLASFEMIA! ¿CÓMO TE ATREVES A TOCAR A UN HOMBRE PIADOSO CON ESA PIEDRA? —bramó otro de ellos y todos se precipitaron hacia él como una avalancha. Eran grandes y fuertes. Estela estaba amarrada a una viga.

Supo que no podría vencerlos, huyó por su vida, gritando como un niño pequeño y suplicando que Estela no terminara igual que Genis.

***

Herrera sacó el teléfono, sabiendo que no tendría señal. Había entrado a cuatro casas para usar los teléfonos y ninguno funcionaba. Esto era un ataque planeado. Seguramente los atacantes hubieran hecho algo para fastidiar las comunicaciones.

Se sentó en una banca, junto a un grupo de gente muerta cuya sangre se colmaba en el suelo como alfombra viscosa y brillante, iluminada por la tenue luz de la pantalla de su teléfono.

¿Qué hacer ahora? ¿Sería posible pedir ayuda desde la red de la estación de policía? Lo dudaba. Era una esperanza diminuta y ridícula, pero era la única que tenía en el momento.

Un hombre pasó caminando al final de la calle. La sangre escurría de su rostro. Herrera ni siquiera se inmutó cuando el hombre se desplomó. ¿Cómo seguirse inmutando ante el horror de esta pesadilla?

El policía ahogó un grito de repente y volvió a mirar al hombre.

Ese hombre llevaba la túnica blanca, como todos aquellos fanáticos que habían destruido este pueblo. Sin dudar dos veces, Herrera se acercó a él y le retiró la máscara. El sujeto se encontraba sin ojos y sin lengua, y la sangre venía de cada orificio de su cara.

Entonces… todo parecía indicar que aquello que estuviera asesinando a todos no discriminaba si eran buenos o malos, si eran religiosos o brujas.

Soltó un suspiro antes de hacer algo poco decoroso: se quitó la chaqueta y se puso la túnica del muerto. Necesitaba pasar inadvertido. ¿Qué otra opción tenía además de robarle a un muerto?

Se sintió miserable, ruin, e intentó con todas sus fuerzas ser profesional y no angustiarse por el paradero de Axel. Caminó lentamente, como un muerto… entonces algo pesado le golpeó la cabeza.

—¡HIJOS DE PUTA! ¿QUÉ LE HICIERON A ESTE PUEBLO? —bramó alguien, furioso, fuera de sí.

El atacante intentó golpear de nuevo a Lucas, pero este lo sujetó de la muñeca:

—¡A ver, estúpido! ¡Soy policía! ¡No estoy con ellos!

—¿Policía? ¡Poli…! ¡Llame refuerzos!

—¿Y qué crees que estoy tratando de…? ¡Espera! ¡Eres un niño! ¿Un paciente del hospital? ¡Hijo, déjame que te…!

Herrera lo soltó al instante. El muchacho lo sujetó de la chaqueta.

—¡Ayúdeme! ¡Estela está amarrada! ¡Tenemos que ayudarla! ¡La van a matar! ¡Señor, por favor!

La cara desesperada de Andy, sus ojos llorosos… Herrera estuvo a punto de llorar junto a él, conmovido. Se acercó a Andy y lo abrazó con fuerza, sosteniendo su cabeza como un padre lo haría.

—Vamos, ¿dime dónde está?

—¡Cerca de la plaza! ¡Hacia allá! —dijo señalando con el dedo.

Herrera supo que no debería llevar al muchacho, pero tampoco podía dejarlo allí solo. Tomó a Andy de la mano y salieron corriendo por las calles de Lesbruixes que ahora estaban vacías. ¿La mujer estaría viva?

—¿Estela? —preguntó Herrera al ver a una mujer amarrada a la viga de una casa destruida. Estaba golpeada y cubierta de sangre.

—¿Quién es usted? —dijo entre dientes tras mirar débilmente a Andy y luego a Herrera.

—Soy policía. ¿Usted sabe qué está pasando? —preguntó mientras intentaba desamarrarla.

Los ojos de Estela se abrieron como si se fueran a salir.

—Se fugaron los pacientes del hospital psiquiátrico. Todo está en llamas y hay mucha gente muerta —la mujer sostuvo las manos de Lucas con fuerza, una vez estuvo libre—. ¡YA SÉ! Nos salvarás, nos salvarás… —susurró, mirando hacia el suelo, y luego posando sus ojos en Andy.

—Señora, los salvaré —Herrera apartó sus manos de Estela—. Necesito ir a la estación de policía. Por favor quédese aquí con el niño. Me dijo que la conoce. No se muevan mientras regreso.

—¡Señor…! —lo llamó Andy, pero el policía se había marchado.

Andy respiró profundo y miró a Estela. Ella parecía estar cavilando.

—Ven conmigo, Andy —dijo de repente.

—Pero nos acaba de decir que no nos moviéramos…

La mujer negó con la cabeza.

—Él no puede salvarnos. Esto está más allá de él. Pero yo sé quién sí puede salvarnos.

Se puso de pie y le ofreció la mano a Andy para que se levantara. Al ponerse de pie, Andy rompió en llanto y la abrazó. Estela no lo abrazó de vuelta.

—Genis está muerta. Yo la vi… fue horrible… ella…

Estela se separó bruscamente de él y lo interrumpió:

—Muertos vamos a estar todos si no vamos a buscarla a ella… yo sé que ella puede arreglarlo… ¡ven, sígueme!

La mujer se marchó sin más. Andy la siguió. Ella no parecía incómoda por caminar sobre la sangre de otros seres humanos.

—No puedo creer que las flores tan hermosas de nuestro pueblo hayan sido reemplazadas por cuerpos. Los Redentores tienen que pagar por esto.

—¿Quién…?

—Niño, ¿reconoces esa estructura en la montaña? —preguntó con voz grave. No parecía ella misma. Andy tuvo miedo.

—Si, es el hospital, ¿o no?

—Exactamente, ¿qué se supone que le ocurrió?

—Estábamos con Genis en mi habitación… —Estela apretó los labios mientras caminaba, con la mirada fija en el hospital. Andy continuó—: Luego hubo una explosión y los enfermeros nos pidieron salir.

La mujer apresuró el paso. Sus ojos estaban llenos de lágrimas. Andy apretó los dientes.

—Sé que no me debería tomar esto personal, debo guardar la compostura, pero, ¿ves lo que me has hecho?

Andy se alarmó, pero luego le pareció que ella no estaba hablando con él.

—Arruinaste mi vida, yo estaba bien antes de que aparecieras y ahora está pasando esto en el pueblo, debes ser uno de ellos.

¿Qué le pasaba? ¿Con quién hablaba?

Andy se detuvo. ¿A dónde quería llevarlo?

—¡SI! ¡TÚ! —la mujer lo agarró del brazo y lo miró fijamente. Sus ojos echaban chispas de furia—. ¡TÚ SERVIRÁS PARA ARREGLAR TODO ESTO!

Y se lo llevó a rastras por la calle. El muchacho gritaba y forcejeaba:

—¡AUXILIO! ¡AYÚDENME! ¡ALGUIEN! ¡POR FAVOR!

Pero sabía que nadie lo ayudaría. El policía se había marchado, los habitantes del pueblo estaban muertos o huyendo, y esos asesinos de la túnica blanca, ¿ellos lo ayudarían?

—¡Cállate ya, asesino! ¡Pídele ayuda a tu hermano! A ver… ¿cómo es que se llama? Ah, ¡ya!, ¡Martin! ¡Martin! ¡Sálvame, hermano! —Estela se burló—. Si quedas vivo yo misma te empujare los medicamentos atreves de tu garganta hasta el día que mueras… pero no vivirás, ¡NADIE VENDRÁ POR TI! ¡Miriam! ¡Vamos a arreglar esto aquí y ahora!

Estela lo presentaba ante aquella persona.

—¡Miriam, por favor! ¡Te presento a mi querido… *paciente favorito*! ¡ÚSALO COMO SACRIFICIO Y ACABEMOS CON ESTO! ¡MÁTALO! ¡MÁTALO CUANTO ANTES!

24
Xiuntothlaraton
(Lauren)

Una luz violácea surge de la abertura en la que se encuentra Victoria. Lauren, instintivamente, salta dentro de ella y apura a su hermana para que salga. Esta no se opone, ni siquiera se inmuta ante el toque acelerado y descuidado de Lauren y se limita a entrar en la cabaña. Martin se paraliza frente a la extraña luz y cada célula del cuerpo de Karina le grita que salga de allí. Lauren no detiene su marcha y sale al bosque, presurosa, con la mano de su hermana entre la suya por primera vez en más de dos décadas. Karina llama varias veces a Martin hasta que este responde y ambos siguen los pasos de Lauren.

—¿Qué carajos está pasando? —pregunta Lauren.

—¡Son los túneles! —responde Karina, desconcertada—. La cantidad de magia necesaria para que se activen es... ¡NO! ¡Algo muy malo tiene que estar pasando en el pueblo! ¡Tenemos que irnos de aquí!

—No podemos irnos así. Tenemos que enfrentar a Miriam, tenemos que ayu-

Antes de que Lauren pueda seguir hablando, Karina la interrumpe:

—No lo entiendes. Para que los túneles se activen algo tiene que haberse roto. Tuvo que haberse pagado un precio muy muy alto. Estoy hablando de vidas. ¡Muchísimas vidas! ¡Cientos de ellas! No me sorprendería que ya no quedara nadie vivo en el pueblo.

Martin está pálido. En su cabeza solo se repiten partes aleatorias de todo lo que ha pasado, su cerebro da vueltas tratando de darle sentido a todo. Lauren se acerca a él, toma su rostro entre sus manos y sus ojos se encuentran por un momento.

Tras un corto beso en los labios, Lauren empieza a caminar, seguida de Martin y Karina.

Lauren piensa rodear el pueblo. La espesa naturaleza debería ser suficiente para mantenerlos ocultos y a salvo. A lo lejos se alzan columnas de humo negro y se vislumbra el resplandor naranja del fuego. ¿Qué está pasando?

Pronto, Lauren comprueba que Karina tiene razón: las callejuelas de Turó de Lesbruixes son recorridas por ríos y charcos de sangre. Es imposible saber cuál de los tres está más horrorizado y estupefacto.

Los tres siguen caminando en silencio, sobresaltándose con el sonido de cada rama que se rompe, cada animal que huye, cada ave que levanta vuelo. Pero pronto se aproximan a la plaza del pueblo y se ven obligados a avanzar por el sendero de escombros, cuerpos y destrucción. Entonces una voz, un agudo grito de terror llega hasta ellos desde la distancia…

—¡AUXILIO! ¡AYÚDENME! ¡ALGUIEN! ¡POR FAVOR!

Y Martin ahoga un grito. No… no puede ser… esa voz…

¡Él no puede estar aquí! ¿Cómo podría haber llegado hasta aquí? Tiene que ser un error… tiene que haber escuchado mal…

Pero una voz femenina le confirma su peor miedo:

—¡Cállate ya, asesino! ¡Pídele ayuda a tu hermano! A ver… ¿cómo es que se llama? Ah, ¡ya!, ¡Martin! ¡Martin! ¡Sálvame, hermano!

—¡Andy! ¡Ese es mi hermano! ¿Qué está haciendo mi hermano aquí?

Martin intenta salir corriendo, pero Lauren abraza su torso para impedírselo:

—¿A dónde crees que vas? ¿Quieres que nos maten? —le dice con la respiración entrecortada y los ojos abiertos como platos. El estómago le da vueltas de solo imaginar a su amado corriendo entre las calles teñidas de rojo para terminar convertido en parte de la macabra decoración, en parte de la corriente que fluye colina abajo.

—Es mi hermano. ¡TIENEN A MI HERMANO! —Martin trata de zafarse, sus ojos inundados de lágrimas.

—¡Puede ser una ilusión! ¡Quizás es una trampa! ¡Estás tratando con brujas! —trata de conciliar Karina, sospechando que se equivoca.

—¡Vamos hacia allá, echamos un vistazo y, una vez comprobemos que no es tu hermano, nos iremos de aquí! —le dice Lauren manteniendo su compostura fría, enmascarándose de convicción. Martin asiente.

Pero al avanzar hacia la plaza se encuentran con un rostro conocido. Lauren se estremece al comprobar que Miriam está justo ahí.

—¡Miriam, por favor! ¡Te presento a mi querido… *paciente favorito*! ¡ÚSALO COMO SACRIFICIO Y ACABEMOS CON ESTO! ¡MÁTALO! ¡MÁTALO CUANTO ANTES! —le suplica Estela.

Lauren ve al chico. Recuerda haberlo visto en algún lado pero ahora que está frente a ella, puede ver a Martin en su rostro, en sus facciones tan similares. Definitivamente es su hermano. Ya no hay escapatoria. Tendrá que enfrentar a Miriam.

Miriam se acerca despacio al joven. Estela sigue ensimismada, sin notar que el chico está nuevamente en manos de su antigua jefe. Andy intenta resistirse, pero en ese momento otra figura aparece detrás de Miriam: un hombre mayor con uniforme de policía.

—¿El jefe de policía Vélez? ¿Por qué está con él? —susurra Karina.

El hombre se acerca con una sonrisa socarrona y se planta junto a Miriam, entonces levanta la mano apuntando a Andy.

—¡AAAAARGHHHH! —sin que el chico pueda evitarlo, como movido por una fuerza invisible, su brazo se tuerce y se escucha un tronido seco.

Estela parece reaccionar ante el grito.

—¿QUÉ? ¿DÓNDE…?

La mujer se estremece, cae sobre sus rodillas y empieza a sollozar desconsolada con el rostro entre sus manos. ¿Cómo es que llegó a este punto? Acaba de pedirle a Miriam que matara a un niño de la edad de su hermano… de su hermano…

—¿Qué haces aquí? —se pregunta, como cada mañana al despertar desde que se mudó a este pueblo, pero, en esta ocasión, vestigios de su vida pasada comienzan a surgir, como recortes en su memoria—. ¿Cómo terminé aquí? ¿Qué es todo esto? —atina a decir la pobre mujer con la voz ahogada en llanto.

—¡Cumpliste tu vida útil! —le dice Vélez, apuntando de nuevo con sus manos. El cuerpo de la mujer se enciende en llamas, pero no son llamas rojas sino violeta, como provenientes del mismo infierno, que en segundos consumen el cuerpo de la psicóloga y la reducen a cenizas entre gritos de dolor.

—Ahora sí. Haré el sacrificio y con esto tendré el poder para terminar de aplastar a esa cucaracha de Francesca… y claro, por supuesto… a ese par de niñitas impertinentes.

Lauren y Karina reaccionaron ante eso, sabiendo que hablaba de ellas. En ese momento vieron a Martin correr hacia Vélez. Era demasiado tarde para detenerlo.

El corazón de Martin late con fuerza y el latido llega hasta sus sienes, la nariz le arde en cada inspiración, pero sus piernas temblorosas se las arreglan para correr tan rápido como pueden hacia ellos, sosteniendo una piedra que recogió del suelo.

Antes de llegar a Miriam, Vélez desaparece de su lugar y reaparece justo detrás de él:

—Tu hermano también golpeó a uno de los míos con una piedra. Curioso, ¿no?

Martin se va de bruces hacia adelante, pero es atrapado por una fuerza invisible que lo sostiene suspendido en el aire, entonces puede ver que en el resto de la plaza hay al menos media docena de personas con túnicas blancas que sostienen antorchas.

El rostro de Vélez aparece a medio centímetro del suyo.

—Dame un motivo para no reducirte a cenizas en este momento y te dejaré ir, ¡vamos! ¡Juguemos! ¡Dame un motivo!

¡Quiero dejarte libre! —dice el viejo con una sonrisa demente. Martin comprueba horrorizado que hay algo en Vélez que no es humano. Quizás es la esclera de sus ojos, negra como un pozo sin fondo, quizás es su piel rota, corroída, y la sangre azulada que sale de su nariz y del corte de su mejilla—. ¡Juguemos! ¡VAMOS!

Una luz violeta, del mismo color de las llamas, resplandece en el centro del pueblo. Karina nota que allí, justo frente a la iglesia, hay un agujero. ¿Hacia dónde va? ¿O… de dónde *viene*?

La luz se intensifica, se filtra por las grietas de las calles, se refleja en las corrientes carmesíes de sangre que ya se empiezan a coagularse. Miriam mira al vacío violeta, complacida.

—¡Basta de juegos! ¡Sal de ahí, niña! Yo sé que estás cerca —a Lauren se le crisparon los vellos de pies a cabeza de la rabia y la impotencia—. Te siento, te huelo…

Ya no tiene por qué esconderse, así que sale al encuentro de su interlocutora, que se halla a unos pasos de Vélez, cuya piel refleja de forma extraña aquella luz que inunda el ambiente. Martin y su hermano se miran, impotentes, tristes de haber podido encontrarse de nuevo en estas condiciones.

—¿Qué es lo que quieres? ¿Por qué hiciste todo esto? ¡Traicionaste a tu pueblo y nos vendiste a los Redentores! —dice Lauren temblando de ira.

—Respuestas simples a preguntas simples. Quiero que mates a Martin como te lo pedí desde un principio —dice Miriam—. Quiero que lo hagas lentamente para que su dolor se convierta en el tuyo, se transforme en poder y para que pongas esa energía en tantos cristales como puedas. No te preocupes. No lo vas a extrañar. Las quemadas no extrañan a nadie.

—¿Por qué? ¿Qué propósito tiene todo esto? ¿Por qué yo? —responde Lauren frustrada y confundida.

—Porque eres hija de tu madre. Su sangre corre por tus venas. Tú eres el resultado de muchos sacrificios… además, de otra forma no vas a poder salvar a tu hermana.

La mirada de Lauren se emborronó mientras sus ojos se desbordaron en lágrimas con el solo recuerdo de la pequeña Victoria sacrificándolo todo para salvarla.

—Esto no se trata de ti, niña ingenua —interrumpió Vélez. Su voz ya no era humana, sino un sonido gutural, distorsionado, como si proviniera del interior de la tierra—. Tú eres un pequeño engranaje. Todos ustedes lo son.

Vélez levanta sus manos y los seis redentores que aún quedaban vivos se elevaron del suelo. Antón y Oscar se miraron.

—Gracias por los asesinatos. No tienen idea de lo mucho que nos ayudaron —dice Vélez, extendiendo sus dedos para luego cerrar sus puños. Los redentores se encendieron en llamas púrpura y el jefe de policía apuntó con sus dedos como si los llamara. El fuego llegó a su boca y él lo bebió, lo respiró—. ¡AH! ¡Estos sí que queman bien! ¡GRACIAS, MIRIAM!

La mujer no responde a esto, pero Lauren sí:

—¿Qué hiciste? ¿QUIÉN MIERDA ES ÉL? ¿QUÉ INVOCASTE?

Entonces Miriam suelta una carcajada.

—Pobres Hanna y Ana, sin saber que su papá se murió hace años y su cuerpo fue… rentado, por él. Entiendo que su esposa se divorciara, ¿quién no lo haría si de un día para otro ya no conoce a su propio marido? ¿Qué clase de madre permitiría que su hija creciera a su lado? Pero eso no importa. Ellas dos trataron de detenerlo y fracasaron. Dejémoslo en que mataron al verdadero Vélez, dejemos que tengan un cierre… pero él… ¡ja! ¡ni una bruja ni un mortal podría equipararse a alguien tan poderoso!

Vélez hace una pronunciada reverencia con una sonrisa socarrona.

—¿Por qué, Miriam? —pregunta Lauren.

—Porque lo quiero todo. Quiero el poder absoluto. Lo que tenemos aquí… la forma en que se desperdicia por tantas reglas estúpidas, por el dichoso Equilibrio. Él es la puerta a un mundo nuevo, a un poder ilimitado… y yo seré la diosa de ese mundo, la portadora de aquel poder…

—¡Traicionaste a tu gente! ¿Cuántas brujas murieron por tu culpa? También… ¿cuántos inocentes? ¿cuántos vecinos y amigos son parte de la sangre en el piso, en las estacas a nuestro alrededor? ¿valió la pena?

—¡Por supuesto que valió la pena! Con todas estas vidas he traído a mí el poder del otro mundo. Tantas muertes me hicieron poderosa… —exclama Miriam, y el broche en su pecho resplandece en luz violeta, como las grietas en el suelo, como la piel de Vélez, como la cabaña, como el fuego que devoró a los redentores y a Estela… pero una mano llega volando hacia ella e intenta ahorcarla.

—¡Dejar tantos cuerpos fue un error, también me hiciste poderosa a mí! —grita Francesca, que regresa tambaleándose a la plaza acompañada de una docena de cadáveres ataviados con túnicas blancas que se abalanzan sobre Miriam y Vélez.

—No te rindes, ¿verdad? —se burló Miriam, retirando la mano muerta de su cuello y volviéndose para encarar a su enemiga—. ¡Maldita nigromante! ¡Xiuntothlaraton! ¡Oh dios del fuego púrpura, dios del inframundo! ¡Destrúyela!

Vélez mira a la bruja y sonríe de nuevo. Su ropa se derrite entre llamas púrpura, revelando una espalda y un cabello emplumado, unas enormes alas de colores y varias colas de serpiente. Ahora parece mucho más alto que hace un momento, como un auténtico dios que, harto de su disfraz revela su verdadera forma.

Sus ojos se posan en Francesca y sale disparado hacia el cielo para descender hacia ella como un depredador de cacería, acompañado de una lluvia de fuego púrpura, helado como la muerte…

Karina contempla lo que parece el auténtico fin de este mundo.

25
Ordinario y extraordinario
(Lauren)

Xiuntothlaraton se aproxima a Francesca. Los cadáveres de los redentores se interponen, pero se consumen en llamas como si fueran de papel. Francesca levanta las manos hacia el dios del inframundo, sabiendo que está perdide, sabiendo que ya está muerte…

Pero gruesos tallos se alzan desde el pavimento, bloqueando el camino, delgadas lianas se sacuden como látigos y se enroscan en el cuello del dios del inframundo como si fueran serpientes, y crecen árboles alrededor de él, atrapándolo y asfixiándolo.

Ana y Hanna están allí, a pocos metros de Francesca. Hanna apunta con sus manos hacia Xiuntothlaraton, y Ana sostiene la espalda de su hermana, intentando transferirle cada gramo del poder mágico que habita en su sangre, ese poder que nunca aprendió a manejar.

Francesca sonríe.

—¡No te metas con las brujas, hijo de puta! —grita, y emplea su poder en un maleficio. La creatura chilla de dolor.

Andy y Martin caen al suelo pesadamente. Miriam se aproxima a Lauren, furiosa:

—¡LO VAS A MATAR AHORA MISMO! ¿CREES QUE ESTAMOS JUGANDO O QUÉ? ¡ESE DIOS NOS VA A COBRAR MUY CARO! ¡SERÁ EL FIN DEL MUNDO! ¡ME DEJARÁS TERMINAR LO QUE EMPECÉ O YA VAS A VER!

180

—Miriam está fuera de sí. No le queda ni un poco de su elegancia. Apenas sus zapatos manchados de sangre.

—¡NO! —responde Lauren con firmeza—. ¡NO LO HARÉ!

—¡NECESITO ESOS MALDITOS CRISTALES! —grita Miriam sintiendo el calor en su rostro y un nudo en el estómago. Apunta a Andy con las manos y este es atraído hacia ella por su magia. La mujer saca un esfero de su abrigo—: ¡VOY A CLAVARSELO EN EL OJO SI NO HACES LO QUE TIENES QUE HACER YA MISMO!

Andy grita de dolor. Se resiste débilmente y un escalofrío recorre todo su cuerpo al ver la punta del lapicero acercarse a su ojo.

—Lauren... ¡es mi hermano! —suplica la voz de Martin. Ella le devuelve una mirada llena de dolor—. ¡Por favor! ¡mátame! ¡haz lo que ella dice!

Andy está paralizado. El miedo, el dolor y el cansancio han sido demasiado para su mente. No logra articular palabra, solo ruedan gotas de sus ojos que dejan una línea marcada en el rostro sucio del chico.

—¡NO! ¡POR FAVOR NO! —grita Andy.

Lauren avanza dubitativamente hacia su amado mientras Miriam vigila cada movimiento de la joven cuidadosamente. Karina se acerca a la escena, apretando los puños, temblando mientras contempla la aterradora escena. Ella es la única que comprende… la única que sabe que la única forma es…

Se escucha un disparo que retumba en los oídos de todos.

Miriam cae al suelo mientras un chorro de sangre sale de su frente y Andy solo cae sentado, sin fuerzas para moverse.

—Se… señor policía… —dice Andy. Herrera se acerca lentamente, aun apuntando a Miriam con su arma. Su rostro está pálido. No puede creer lo que ve.

Karina y Herrera ayudan a Andy a levantarse y Lauren hace lo mismo con Martin.

—No te preocupes, Martin. Él es policía, él nos llevará a casa… estamos a salvo… estamos… —dice Andy entre dientes.

—¿MARTIN? ¡Así que si existes! —exclama Herrera, riéndose con incredulidad y frustración ante la ironía—. ¡Maldita sea! ¿Por qué tardaste tanto en aparecer? Entonces tu eres Laura.

—Lauren.

—¡Por eso no te encontraba! ¿Por qué no me dijiste tu nombre real?

—Yo también estaba en peligro.

Martin lo mira confundido. Karina camina hacia el cuerpo de Miriam.

—Mi madre… ella aún es humana… aún así, no creo que ella… no creo que ella… —pero Karina rompe a llorar al ver a su madre en el suelo. Lauren la abraza por la espalda.

Herrera no puede poner en palabras concretas lo que siente. Intenta concentrarse en revisar el brazo de Andy. Sin hablar, se quita la camiseta, la extiende con sus dos manos y la acerca a la boca de Andy para que la muerda. Este la mira con asco, pero la mirada de Herrera hace que el chico trague saliva y la muerda. Herrera le acomoda el hombro que cruje una vez está de nuevo en su lugar y Andy lanza un bufido de dolor a través de la tela. Herrera la retira, la rasga y la convierte en un cabestrillo improvisado que acomoda alrededor del cuello y el brazo del chico.

—¡AL SUELO! —grita Herrera de repente.

Hay una explosión. Trozos de planta y astillas de madera salen disparados hacia todas partes. Xiuntothlaraton extiende sus alas, brazos y piernas. Ahora tiene seis brazos, y sus ojos son completamente negros. Francesca es empujada por una energía invisible y cae al suelo. Hanna y Ana vuelan por los aires y caen como muñecas de trapo. El dios del inframundo avanza hacia la última resistencia de las brujas…

—Ven ya… sé que estás en algún lado… si los muertos me hicieron fuerte a mí… la sangre debería… la sangre debería… —suplica Francesca entre dientes.

—Yo también te siento… ven… condesa sangrienta…

—¡Espera! ¡Tú estás…!

Xiuntothlaraton se precipita hacia ellas, pero frena en seco.

Charlotte está allí, entrando a la plaza, caminando hacia él después de recorrer las calles de Turó de Lesbruixes y absorber la sangre de incontables brujas, redentores y pueblerinos.

—Chacha murió y luego juntas vimos todo —dice la mujer. Su voz no parece humana. Sus ojos son más rojos que la sangre, su cabello es más negro que la noche, y su piel más blanca que la luna—. Esperé para volver cuando se abriera la puerta del más allá, y absorbí tanta sangre para este momento, para defender mi hogar. ¡Tú! ¡Haz lo que tienes que hacer! —añade mirando a Karina antes de extender sus dedos y que la sangre de las calles, de los cuerpos muertos, de las estacas donde las víctimas fueron clavadas, e incluso de la frente de Miriam se elevara en un torbellino de furia y dolor escarlata, y lloviera afilada y despiadada sobre Xiuntothlaraton, como miles de agujas.

—¡HUMANOS INSIGNIFICANTES! —ruge el dios del inframundo.

Francesca, Hanna y Ana se levantan del suelo y se paran junto a Charlotte, las cuatro listas para la última batalla.

Al ver su determinación, Karina se levanta de repente.

—Lauren. Ellas no van a poder detenerlo. Sólo nosotras podemos, usando un catalizador lo suficientemente grande para cerrar la puerta. Sólo así tendríamos oportunidad alguna, pero eso requeriría un cristal del tamaño de una persona. ¿Entiendes lo que digo?

Lauren se levanta, sabiendo lo que su amiga quiere decir.

— Necesitas un catalizador del tamaño de una persona —sus intenciones son derramadas sobre la pregunta. Karina lo entiende... sólo desearía no hacerlo.

—¿Qué estás planeando?

—¡Solo responde! —demanda Lauren con frialdad—. ¡Por favor! —Suaviza su tono.

Karina suspira.

—En teoría, es posible. Tendría que tener suficiente poder acumulado para recibir el poder de todas las brujas sin colapsar antes y tendría que hacerlo de forma voluntaria para que su cuerpo soporte la mayor cantidad de energía posible... pero... no hay manera de que nadie sobreviva a algo así. Mucho menos de que reúna tanto poder en cuestión de minutos.

—Siempre fuiste tan inteligente… y sabes tanto acerca de cualquier cosa —dice Lauren genuinamente sorprendida, pero también muy triste.

—He preparado cada consejo de brujas de los últimos diez años, he llevado las actas, he preparado los cristales... he entrenado para matarte... no creo que sea tan sorprendente —responde Karina con la nostalgia que trae el sentir que nunca vivió su vida realmente.

Charlotte atrapa a Xiuntothlaraton en una cascada de sangre y cierra los puños. La sangre se coagula y endurece, dejando atrapado a su oponente, pero este libera un brazo con facilidad y sopla un chorro de fuego púrpura por el suelo. Este sigue a Charlotte que se eleva sobre el suelo en una piedra ensangrentada que manipula con su magia. Las plantas atrapan la muñeca del dios y lo hacen quemar su propia mano. Mientras tanto, Francesca usa las cenizas de los muertos, lo único que le queda, para levantar una nube de polvo que las brujas utilizan para esconderse.

La batalla continúa.

Martin se acerca a Lauren y la abraza, le dice algo al oído y le besa la mejilla. Luego la envuelve en sus brazos de nuevo. Lauren abre los ojos de par en par por un momento y luego se hunde en su hombro.

—¿Estás seguro? —pregunta Lauren en una voz apenas audible.

—Se que odias hacer lo que Miriam te dice, pero… no quiero que este mundo se acabe, y no quiero dejarte sola ahora.

—Díganme qué pasa —pregunta Karina, sabiendo la respuesta.

—Lauren va a sacrificarme. Mi dolor se convertirá en su dolor y este, a su vez, se convertirá en poder —dijo Martin, citando a Miriam.

Karina entiende y cuando abre su boca para protestar, Lauren le sonríe con una bondad que Karina jamás pensó ver y niega con la cabeza. Martin camina hacia su hermano y lo abraza. Andy le regresa el abrazo como puede y suspira de alivio porque al fin encontró a su hermano.

—¡Andy! Tengo que irme. Vuelve a casa, cuida a mamá y a papá por los dos, ¿sí? —Martin le besa la frente. Andy tarda un poco en entender y se abalanza sobre su hermano.

—¡NO! ¡TÚ NO! ¡DÉJAME HACERLO A MÍ!

Martin sonríe:

—No funcionaría. El dolor a veces también proviene del amor. Andy, hacemos esto para acabar con este infierno. ¡Por favor, señor policía! ¡Llévelo de vuelta sano y salvo! —dice Martin, esta vez, dirigiéndose a Herrera. Este asiente y pone una mano en el hombro de Andy.

Andy rompe a llorar.

—¡Martin! ¡No! ¡No puedo volver a perderte! ¡NO!

—Karina, haz el hechizo. Tú eres la única con el nivel para hacerlo.

—¿Qué te pasará a ti? —pregunta a Lauren.

—Ambas lo sabemos.

Y Lauren se despide de Karina. En este punto, ya no hacen falta palabras. Se dan un apretón de manos que parece demasiado formal, pero que marca el fin de una rivalidad sin sentido. Karina retira el broche del cuello de su madre, lo pone en el pecho de Lauren y le entrega un vidrio roto que seguramente cayó de las ventanas de la iglesia.

Martin y Lauren se paran frente al agujero en el centro de la plaza en un último abrazo de amor. Karina activa el hechizo, preguntándose si era el mismo que su madre estaba a punto de conjurar. Recita las palabras, deja que su magia se expanda por toda la plaza y antiguos símbolos comienzan a brillar del mismo color que el broche, del mismo color que el abismo.

Lauren mira a Martin y este la mira de vuelta. Él sonríe y le acaricia el rostro, ella llora y lo besa mientras le apuñala el hombro derecho con el cristal roto. Martin aúlla de dolor, pero le asiente con la cabeza para que Lauren continúe. Su amada lo apuñala por segunda vez, esta vez, en el hombro izquierdo. Martin ahoga sus quejas y respira hondo.

—¡No puedo! ¡NO PUEDO! ¡ESTO ES DEMASIADO PARA MÍ! ¡NO PUEDO! —Lauren se deshace en llanto, le tiemblan las piernas y siente que su garganta y su pecho se desgarran. Martin solo toma su rostro de nuevo y esconde una mueca de dolor tras otro beso, toma la mano de Lauren y guía su mano para que entierre el vidrio en su diafragma, tosiendo una buena cantidad de sangre sobre su hombro. Los segundos se hacen eternos. Segundos de dolor, de agonía. Pasan segundos eternos que Lauren no quiere perder, Martin suspira hondo y no se mueve más. El peso se vuelve casi inaguantable para Lauren.

El dios sigue luchando con las cuatro brujas, seguido por un indefenso policía que apunta a su enorme espalda con una pistola mientras sostiene la mano de un joven, pero la mirada de Charlotte llega directa a los ojos de Lauren como si un hilo de comprensión las conectara.

Entonces, bañada en la sangre de su amado, un grito desgarrador sale desde lo más profundo del ser de Lauren y paraliza la plaza por un momento. Karina mira a Charlotte y asiente con la cabeza.

Lauren se enciende en un aura azul, luminosa, y asciende en los aires con su amado entre sus brazos.

—¡YA! —pide Karina.

Herrera vacía su cartucho en la espalda y nuca de Xiuntothlaraton. Este se vuelve perezosamente hacia él. Las cuatro brujas dirigen su magia hacia Lauren, que siente el poder no de cuatro brujas sino de todo el pueblo, de todos sus habitantes asesinados que es transmitido hacia ella desde Charlotte. Lauren llora desconsoladamente, pero de un momento a otro siente una gran calidez: la calidez de una gran, gran familia dispuesta a defender lo que queda, y proteger este mundo.

Lauren apunta su nuevo poder adquirido hacia Xiuntothlaraton, y Karina dirige el conjuro hacia el suelo, hacia la puerta que da al más allá.

El pueblo se estremece en un terremoto que hace que todo se sacuda. Xiuntothlaraton es alcanzado por el poder de las brujas, que lo atrapan con cientos de manos, y lo halan hacia el portal, de regreso hacia el mundo del que Miriam jamás debió invocarlo. Incluso él es derrotado por la unión de tantos: campesinos, agricultores, vendedores, brujas, médicos, pacientes, personas comunes y personas extraordinarias por igual.

Hay un destello de luz azul, cegador, como un nuevo amanecer azul que deja tras de sí una madrugada quieta y silenciosa. Lo único que queda de Xiuntothlaraton es el cuerpo de Vélez con pequeñas lianas y flores brotando de sus cuencas y orejas. Al parecer sus hijas si lo habían derrotado primero.

La luz de los túneles ha amainado y el abismo se cerró, pero Karina llora y llora, pues la piel de Lauren se resquebraja por partes como si fuera de cristal y la joya del broche que llevaba Miriam se resquebraja a la par, quizás al mismo tiempo que el corazón de Karina, que perdió a su madre y a su amiga, su hermana, por ese mismo broche.

De cada grieta que se asoma en el cuerpo de Lauren, reluce una luz incandescente y hay una implosión de luz que absorbe lo poco que queda de la luminosidad de los túneles y que queda en la plaza.

El broche vacío cae al suelo y Victoria, que estuvo viendo las luces por mero reflejo, deja salir un mar de lágrimas que recorren sus mejillas. En su mente solo piensa en que acaba de perder a su familia, de nuevo. Del lugar donde cayó el broche, Hanna hace que crezca una flor roja en solidaridad al dolor que ve en los ojos de Victoria. Victoria la toma, la mira suspirando y se la coloca en el cabello.

Es un nuevo día.

Epílogo I

Sueños y pesadillas

—Recuérdame por qué estamos aquí —dijo Axel distraído mirando el pequeño pueblo en mitad de la nada a través de la pequeña ventana del viejo automóvil. La historia parecía repetirse.

El calor inundaba el espacio. Aquella selva tropical abrazaba el aire y humedecía los vientos con su follaje. Su cuerpo estaba sudoroso por la temperatura del lugar mientras divisaba la extensa ausencia de *civilización* que tenía frente a sus ojos. Se encontraba allí, perdido en medio de la nada, en búsqueda de un lugar incluso más perdido, un lugar más olvidado por *Dios*. Se sintió agradecido por haber aprendido la lección: llevaba una guayabera blanca y bermudas acampanadas en lugar de un traje y corbata.

—Después del incidente de Lesbruixes recibí una llamada de mi padre. Al parecer la energía liberada aquella noche resonó con nuestra aldea —hubo una pausa. La escuché con cierta inquietud.

Pronto llegarían al centro de la comunidad. Allí estaría esperándolos el taita para recibirlos. Estaba por ocultarse el sol, aunque parecía no querer abandonarlos de ninguna manera. Un tenue color naranja brillaba refulgente sobre el camino a lo largo de la polvareda que se desprendía ante su andar. Mientras el imponente sol se negaba a desaparecer al frente, la majestuosa luna se empezaba a posicionar sobre los cielos. Esa noche habría luna roja.

—Nunca terminaré de comprender lo sucedido aquella noche. Estuve contigo recorriendo el San José, pero no recuerdo con detalle nada de lo ocurrido hasta antes de separarnos. Cuando te vi partir di vuelta y atravesé la puerta que se encontraba en frente como lo dijiste. Esperé, esperé pacientemente. Pareció una eternidad bajo aquella oscuridad —se detuvo un instante, apretó su pecho como queriendo contener la presión que sintió aquella noche—, pero entonces se escucharon estruendos en el lugar.

—Nunca fue mi intención abandonarte —interrumpió Hanna.

—Lo sé. Querías protegerme. Igual me aventuré a salir —continuó Axel meditabundo—, y cuando traté de ir hacia ti encontré el camino bloqueado. Al parecer habían estallado explosivos en el lugar, ¿por qué? —su dolor fantasma parecía agudizarse—. Corrí hacia el interior del lugar y el aire estaba tan viciado, tan pesado y oscuro… y luego todo se hizo rojo.

Hanna suspiró. Había sido una noche horrible para todos.

—Sentí angustia en ese momento. Quería escapar, pero me preocupaba dejarte sola en aquel pueblo desconocido… y también a Lucas. Quise escapar, pero me encontraba atrapado de algún modo. No hubiera podido irme de ninguna manera. Al regresar al pabellón principal encontré escombros, fuego, humo, caos. No vi a ningún interno, sólo algunos hombres con uniforme del hospital. Cuando traté de llamar su atención, algo debió golpearme pues después de eso sólo recuerdo haber despertado fuera del lugar. Y allí, estabas… —una tímida sonrisa se esbozó bajo su rostro—, tú.

—Aquella noche la tragedia cayó sobre el pueblo y mucha gente murió. Lamentó haberte dejado en aquel lugar, pero de no ser así, quizás te hubiera perdido. No hubiera soportado perderte —Hanna titubeó luchando contra el nudo que se fijaba en su garganta—. No hubiera podido hacerlo.

—Lo importante es que volviste a buscarme.

Axel acercó su mano al rostro de Hanna borrando un par de lágrimas que se estaban posando bajo sus ojos, acarició sus mejillas y asió su rostro hacia ella para besarla. Luego de aquel beso en la oscuridad, cada beso entre aquella pareja parecía ser el primero: intenso, efervescente, mágico. Único.

—Temo ponerte en peligro nuevamente —dijo Hanna con dulzura mientras sostenía el rostro de su compañero con sus manos—. No debiste acompañarme.

—Desde ese momento entendí que jamás querré estar lejos de ti. Lucas ya se encargó de todo lo que nos ataba a aquella misión en Lesbruixes. Le solicité al comandante general unos días de descanso, y aquí estoy —Axel se encogió de hombros.

—Agradezco que estés a mi lado… sin embargo, hay algo que quiero que sepas acerca de mí, de lo ocurrido aquella noche. Es importante para…

—Señorita Siatoya —interrumpió el chofer—, hemos llegado.

Hanna se adelantó a bajar del auto, con una mezcla de premura y emoción al sentirse en tierras familiares, dejando de lado su intento por confesarse con su compañero. Caminó con firmeza. Su vestido esmeralda hacía juego con la *turmalina* verde que colgaba sobre sus senos. Sus rizos castaños lucían rebeldes y libres a pesar del intenso calor del pueblo. Tras ella, Axel caminaba con incertidumbre, lucía con orgullo el feo gorro de fique que Lucas le había obsequiado al conocer de esta aventura. Al final del camino había una especie de quiosco cubierto de flores y ramas exuberantes que adornaban desde el suelo hasta la punta de aquella estructura. Un joven moreno, de aspecto robusto vigilaba la entrada al recinto.

—Señorita Siatoya, el señor Bej la espera en el interior.

Hanna se adelantó mientras Axel parecía embrujado por los colores y olores que circundaban alrededor del pequeño lugar. Se acercó con calma, estrechó la mano al joven y siguió los pasos de su compañera. Adentro los esperaba el taita junto a un altar imponente que yacía al fondo de la recámara. Múltiples adornos florales colgaban de un extremo a otro alrededor de un par de tambores gigantes que dejaban suspendidos numerosos faroles para iluminar el interior. Se coloreaba el espacio de rojo y naranja, emulando el cielo que se oscurecía al exterior.

—¡Hajah! ¡Bienvenida hija! —se acercó Balam y abrazó con ternura a su hija—. No sabía que vendrías acompañada.

—Hola papá. Me alegro de verte.

—¿Hajah? —musitó Axel tras Hanna.

—Es una larga historia, amor —dijo, y se volvió a su padre—. Papá, estoy aquí, ¿qué sucede?

El rostro del taita se congeló rápidamente pasando de la calidez a la frialdad. Axel miraba con asombro aquel reencuentro tan fugaz y etéreo mientras trataba de entender la razón de su estancia en dicho lugar y del misterio que ocultaba el hombre frente a él.

—Es noche de luna *de sangre*. Lo has visto, ¿verdad?

—Sí —respondió Hanna—. Además, lo he sentido. Es una fuerza intensa papá. ¿Qué está sucediendo?

—Hace unos días, las cosas empezaron a tornarse extrañas en la aldea. No sospeché nada, sin embargo, cuando recibí la llamada de Bianca y me enteré del incidente de Lesbruixes supe que los eventos que se estaban presentando tenían relación con aquella fatídica noche.

—¿Los portales se han abierto? —exclamó Hanna con preocupación mientras Axel continuaba perplejo por lo que se mencionaba frente a él.

—No lo sé, no estoy seguro de ello, pero algo cambió. Algo es diferente esta noche. Estoy… estoy sintiendo… *su presencia*.

—¡Es imposible!, yo misma vi su cadáver. Yo presencié cuando el malnacido de Eithan acababa con su vida —gruñó Hanna con rabia—. ¡Maldito! —hubo una corta pausa seguida de una burla—. No te imaginaras el placer que sentí cuando me deshice de él.

—Hanna, ¿qué está sucediendo? ¿De qué estás hablando? —intervino Axel.

—Hija, su energía es inconfundible. Es ella. ¡Es ella! —Balam pareció perder su cordura y su tranquilidad—, pero hay algo diferente en su presencia. Algo… siniestro.

Las imponentes luces que iluminaban el centro se apagaron súbitamente y entonces la oscuridad cubrió el lugar y el silencio pareció cortar toda forma de vida presente en el momento. Un fuerte rayo de luz pareció asomarse por el frente del quiosco avecinando una sombra rojiza que se adentraba en él.

—Hola pequeña Hanna.

—¿Mamá Quilla?

Epílogo II
Sueños y pesadillas

El auto de Herrera descendió por la colina en dirección a Barichara.

El policía se preguntó si, después de tanto vivido, era la misma persona que meses atrás había subido por este mismo sendero destapado y caluroso. Estos meses parecían una vida entera: días enteros atrapado en la oficina de Vélez resolviendo tareas ridículas, escuchando los monólogos de su compañero Axel quien, enamorado y embelesado como estaba de la chica de la boticaria, contaba sin parar sobre lo maravillosa que era, y, claro, por supuesto, los horrores que había presenciado y que lo atormentarían por el resto de sus días.

En la mañana le había costado encender el auto y uno parte de él se preguntaba si acaso él mismo tampoco funcionaría más después de tanto. Aunque era obvio que el auto echara una nube de humo negro después de dejarlo tanto tiempo estacionado, no pudo evitar sentir que eso era un último intento de Turó de Lesbruixes para no dejarlo marcharse. Al menos era un hecho que su compañero Axel no se iría aún.

Lo extrañó, pero una parte de él se sentía contento por él: ¿no era el sueño de su vida dejar todo atrás, abandonar la vida que conocía y huir con una muchacha de pueblo con acento tosco a la que no le preocupaba su carrera profesional, sus inmuebles ni su cuenta de ahorros? Pues Lucas sospechaba que a Hanna no le importaban ninguna de esas cosas… no sabía si ella querría que le hicieran un montón de hijos o vivir en un rancho, pero la última vez que los había visto antes de arrancar el auto, le había parecido que eran una linda pareja.

Ahora él abandonaba ese sitio mágico y sentía la ausencia del olor dulce de las flores y el aire de la colina para regresar a su mundo de todos los días, estéril, vacío, y gris. Quizás no para siempre. Había prometido venir a ver a Ana, la hermana de Hanna del hospital, para iniciar una investigación sobre los pacientes. Después de conocer el caso de Andy, la mujer tenía fuertes sospechas de que muchos de ellos no pertenecían ahí, y necesitaban ser liberados cuando antes.

Contempló el volante mientras descendía y se volvió para ver a su acompañante actual.

—¿Estás bien? —preguntó Herrera, por enésima vez en el día.

Andy asintió con la cabeza e intentó sonreír.

El chico acababa de perder a su hermano. Herrera sabía que debía sentirse devastado, pero su actitud no dejaba de preocuparlo un poco. No lo había visto llorar desde aquella noche en la plaza, y habían pasado casi cuatro días mientras terminaban de dejar el trabajo en manos de los equipos de rescate y redactaban el informe oficial. Este informe, por supuesto, sería una mentira del tamaño del hueco que se había abierto en el centro de la plaza. Herrera comunicó todo honestamente, pero se le pidió explícitamente que redactara otro informe distinto para la prensa. Había gente poderosa que no permitiría que se supiera la verdad sobre esa noche. Herrera quiso vomitar y renunciar a la fuerza pública, pero decidió que esa decisión no la tomaría hasta estar seguro… o hasta haber regresado a Andy a su casa sano y salvo, como le había prometido a Martin en sus últimos momentos.

—Laura no está… —cantó, de forma casi inconsciente, pensando en la muchacha, convertida en cristales, dirigiendo esa onda descomunal de poder mágico hacia aquel dios del inframundo, imponente y majestuoso. ¿Qué clase de locura había presenciado? Si no hubiera estado ahí en la escena, jamás lo hubiera creído.

En ese momento tuvo una idea superficial que parecía demasiado tonta dadas las circunstancias; ¿cómo justificaría las balas gastadas ante sus superiores si no podía decir la verdad frente a muchos de ellos?

Suspiró.

El camino al pueblo fue tranquilo. Era la calma después de una inolvidable tormenta.

Cuando Herrera aparcó frente a la casa de Andy, se sintió muy triste. Supo que tendría que dar condolencias a su madre y a la vez sentirse un hipócrita diciéndole la mentira oficial de la policía: que su hijo se había escapado a vivir con su novia Laura y que eran muy felices en el pueblo hasta que un hundimiento de proporciones colosales se había llevado varias casas, casi medio pueblo, y Martin era una más de las incontables víctimas de este desastre natural.

No le había prohibido a Andy contarles la verdad a sus padres, pero sospechaba que éste no lo haría: acababa de salir de un hospital psiquiátrico y no se arriesgaría a volver a ingresar a uno, al menos no hasta que Ana y Lucas pudieran llevar a cabo la investigación y esclarecer los hechos y la realidad de cada posible paciente encerrado injustamente.

La madre de Martin no reaccionó como él pensaba:

—Ya sabía que esa muchacha no era buena para él. Muchas gracias por traerme a Andy de vuelta —le dijo ella, resistiendo el deseo de romper a llorar.

Herrera asintió con la cabeza y luego se despidió de Andy:

—Este es el adiós, Andy. Guarda mi número y llámame si necesitas algo. Recuerda… yo no me enojaré si tú decides…

—No, usted ya informó todo con claridad, como debía ser —aseveró el muchacho—. Muchas gracias por todo. Nada de lo que pasó es su culpa. Si no fuera por usted quizás yo… quizás yo también…

—Ni lo menciones, hijo —le dijo Herrera y lo abrazó. Él también estuvo a punto de romper a llorar. Quizás se estaba haciendo viejo. Le costaba trabajo mantenerse profesional.

Cuando se separaron, Andy le dedicó a Herrera una sonrisa llena de agradecimiento.

El policía encendió el auto de nuevo, esta vez sin problemas. Y volvió a mirar a la casa. La mujer abrazaba a su hijo y ahora sí rompía a llorar. Herrera supo que debía irse ahora. Debía darles privacidad. Lo último que creyó ver al mirar atrás fue un resplandor violeta en los ojos de Andy, pero estuvo seguro de haberlo imaginado.

Entonces aceleró rumbo a la ciudad.

Palabras de los autores

Al comienzo de una historia, cualquiera que sea, no hay un norte definido, al principio son sólo la euforia y las expectativas las que nos impulsan a seguir caminando, luego llega la disciplina puesto que el motor de un principio va perdiendo gasolina; sin embargo, nuestro Pepe Grillo con personalidad de Mickey fue quien nos sostuvo en este largo camino, que parecieron días en vez de meses, por su sola presencia cada lunes, y sí, estoy hablando de ti David, gracias por hacer de la escritura un lugar aún más mágico de lo que ya era. Gracias por equilibrar nuestras discusiones y que sólo quedaran en eso, discusiones sanas para lograr un fin, gracias por darle norte a nuestra historia y no dejarnos naufragar.

Así que… ¿cómo no hablar de esos marineros que hicieron parte de este viaje y siempre remaron?, no puedo pasarlos por alto y dejar de darles las gracias, por nunca parar remar, por nadar cuando el barco paraba y por esa noche de cumpleaños que esperaron para ser los primeros en acompañarme, aún en la distancia, misma que nunca fue integrante de nuestro autodenominado clan de brujas, pues jamás sentí que estuvieran lejos, sobre todo los lunes que la clase terminaba y nosotros teníamos media vida para contar y no sabernos solos un segundo más. Gracias mis brujitos, escritores, hermanitos del alma.

Gracias mamá, por decirme siempre que soy tu escritora favorita y por compartir cada fragmento que esta escritora componía. Gracias por siempre estar y recordarme, nuevamente, cuál era mi norte, sin dudar, sin presionar, con paciencia y amor. Eres también mi escritora favorita y espero verte publicando también, quiero ser parte del público y esperarte del otro lado para abrazarte y felicitarte, por siempre, te amo.

A mi maestra, Ángela Restrepo, porque un mes antes de iniciar este proyecto, me dijiste que debía empezar a dar de lo que más tenía y que mis palabras son suficiente, desde ese día aprendí a darle más valor a mi arte y mereces todas las gracias del mundo por eso, porque también me mostraste la bruja maravillosa que puedo ser.

Por último, pero no menos importante, gracias a la Diana de diez años, gracias a esa niña que aprendió a gritar a través de las letras, porque no quería hacer daño, lo lograste, transformaste tu miedo en amor, tu sueño en realidad y estoy orgullosa, así que gracias por permitirme vivir esto.

Diana Alexandra Alvarado

La primera noche que nos reunimos, todos estaban algo callados… nunca imaginé que pronto nacería un vínculo tan bonito. Compartimos historias reales y ficticias, pensamientos e ideas importantes para cada uno, sueños y decepciones, y poco a poco nos convertimos en algo más que un grupo de escritores: nos convertimos en un aquelarre, y principalmente, en amigos.

Agradezco a Bret por su dedicación y su personalidad única que de alguna forma extraña siempre logra alegrarnos a todos la vida y sacarnos una sonrisa, a Diana por su dulzura y su habilidad para hacernos ver lo romántico y lo bonito de cada día, a Yensy por su autenticidad, su magia y su picardía (aunque principalmente agradezco por su risa, que es lo máximo, ¡que lo niegue quien le conozca!), a Fer por ser tan inteligente, confiable y centrado, ¡por ser la roca del grupo! A Catalina por su creatividad, su talento, sus ideas geniales y por siempre estar dispuesta a ayudarnos a todos, incluyéndome, a Alexa porque es la Mujer Maravilla de nuestra liga de la justicia: una lider, valiente y cariñosa que siempre supo llenarnos de vida y luz, y a la señora Ángela por años de una incomparable amistad, de cosplay, de momentos bonitos y de apoyarnos en aquellos momentos no tan bonitos que a veces tiene la vida

¡Gracias a todos por encontrar un significado desconocido de la palabra *magia*!

David Jurok

A mis padres y hermanos por su apoyo, a Josué por su amor e inspiración, a mi aquelarre de friki amigos por representar fuerza y magia para escribir estás letras. Gracias hoy y siempre.

Feba Qero

Ha sido un gusto trabajar con ustedes. Cada peldaño cruzado en esta vida lo he aceptado como maestres para la continuidad de la existencia, acá se plasma uno de los primeros logros de los deseos de mi vida. A cada uno que ha hecho parte continua, intermitente o temporal les agradezco pues nada habría sido de esta forma... o bueno, es algo incierto y prefiero pensar que ha ocurrido como ha tenido que ser. Un abrazo para todos y amo sus existencias que reafirman mi propia existencia.

Yensy Sanchez

Agradezco a mis compañeros de escritura quienes con amor y dedicación hicieron de este proceso algo maravilloso: Alexa, Fernando, Bret, Ángela, Catalina, y Yensy, los amo con toda mi alma. A mi profe y amigo David Jurok: eres un maestro excepcional, gracias por cada enseñanza y cada momento invaluable, eres un ser maravilloso. A mi madre y mi abuelita, mis motores de vida, que siempre han creído en mí. A mis amigos que al contarles el proyecto me apoyaron y se emocionaron por mis sueños más que yo. A mi prima Angie quien me ayudó a no desistir y a todos aquellos que con su amor, su apoyo y su compañía hicieron parte de esta hermosa etapa de mi vida.

Dama de Rojo

Cristal de Hielo

Angela Manrique nació en 1999 en Bogotá, Colombia. Es estudiante de ingeniería ambiental y nutrición, con gran facilidad y fascinación por la ciencia ficción, temas de salud mental, las artes manuales, la música y las lecturas de corte científico. En 2022 decidió embarcarse en un proyecto de escritura diferente, que la llevaría a darse cuenta de que las barreras entre géneros son solo ilusiones que pueden disolverse una vez se tiene una buena historia entre las manos.

Catalina Gómez

es una comunicadora audiovisual apasionada por las historias, dispuesta a perseguirlas, encontrarlas y construirlas en todos los medios posibles: música, arte, juegos, películas y, por supuesto, escritura. La escritura siempre fue su refugio desde pequeña y fue su primer amor. Con suerte, en medio de tantas historia, ella encontrará la suya.

Yensy Sanchez

es abogade, BDSMero, anarcofeminista, poeta y literato. Bogotano de 27 años, amante de la muerte como reflejo del constante cambio e inevitable tensión con el vivir; amable, sociable pero selecto con su núcleo cercano. Sus postres favoritos son el merengon, el tiramisú, el *crème brûlée* y el cheesecake de limón y frambuesa.

Feba Qero

Fernando Baquero Figueredo nació en 1990 en Acacías, Meta, lugar de puertas abiertas y atardeceres de ensueño. Farmacéutico de profesión, gamer y amante de las ciencias, la escritura, la poesía y las historias de fantasía. Escritor de cuentos cortos y lector aficionado de literatura juvenil. Partícipe del proyecto "Colina de las Brujas" de Hampstead Heath Books como su debut literario.

Bret Quintero Acero

17 de noviembre de 1995, Bogotá - Colombia. Transcurría el 2022 luego de un año de muchos cambios el coautor se encontraba perdido de manera artistica, buscando un desfogue para su creatividad llego a el la propuesta para trabajar en un libro. Toda su vida ha girado en el arte, dibujo, baile, actuación y escritura, pero sabiendo lo complicado del medio para vivir de el acepto el proyecto. Mediante la exploración de ideas y experiencias de todos desentrañaron una historia impregnada de amor, duelo, misterio y poder. Dentro del libro podrá ver plasmada cada una de las personalidades de los autores que se convirtieron no solo en una familia sino también en un aquelarre.

Diana Alvarado

conocida como Book Baed, nació en la Península de Paraguaná, en Venezuela, rodeada siempre de preciosas playas y su primer amor, nadar, sobre todo en el mar.

Se estableció en Colombia desde los 19 años y es ahí donde empieza su carrera literaria, participando en antologías poéticas, blogs y ahora debutando en el genero novelístico con La Colina de las Brujas. Amante del baile y la buena música, tomando esos ritmos para construir un estilo único en la literatura.

Diana Isaza

la Dama de Rojo, nació en Cali, la sucursal del cielo, en Colombia, amante a la literatura romántica y la poesía.

Inició un proceso de reconocimiento y amor a si misma, en ese momento de introspección,descubre su carrera literaria, ha participado en diferentes escritos, tiene publicada una antología poética, donde expone su talento: los poemas una forma de expresión del amor y la lujuria,ahora explorando más a fondo el romance y el erotismo con La Colina de las Brujas. Amante del café, los atardeceres y la naturaleza.

The Untitled Book Project

¿Te gustaría **escribir un libro desde cero,** pero no sabes cómo comenzar? ¿Quizás tienes **una historia sin terminar** en tu PC, una idea increíble que te lleva dando vueltas en la cabeza desde hace **años,** pero no has logrado terminarla y necesitas ayuda? ¿O puede ser que tengas **una historia terminada** en tu computadora o tu teléfono y **te gustaría publicar y verla en librerías justo como este libro que tienes en la mano?**

¡Publica tu libro, tu saga, tu comic, tu manga, o tu guion con nosotros y llega a millones de personas alrededor del mundo! ¡Las mejores historias no están afuera, están en los computadores y en **los corazones de personas como tú!**

The Untitled Book Project de **Hampstead Heath Books** te acompañará a hacer **tu sueño realidad.**

Escríbenos a: info@hampsteadheathbooks.com
Escríbeme al WhatsApp: (+57) 319 580 6173

www.ingramcontent.com/pod-product-compliance
Lightning Source LLC
Chambersburg PA
CBHW070513160726
48003CB00004B/1553